U0919512

晨光

杨澄宇 著

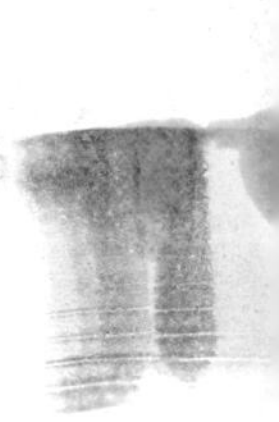

译林出版社

图书在版编目(CIP)数据

晨光 / 杨澄宇著. —南京: 译林出版社, 2013.4
ISBN 978-7-5447-2764-8

I. ①晨… II. ①杨… III. ①长篇小说-中国-当代
IV. ①I247.5

中国版本图书馆CIP数据核字（2012）第072646号

书　　名 晨光
作　　者 杨澄宇
责任编辑 孙　茜
特约编辑 吕雅坤
出版发行 凤凰出版传媒股份有限公司
　　　　 译林出版社
出版社地址 南京市湖南路1号A楼, 邮编: 210009
电子邮箱 yilin@yilin.com
出版社网址 http://www.yilin.com
经　　销 凤凰出版传媒股份有限公司
印　　刷 南京爱德印刷有限公司
开　　本 880毫米×1230毫米 1/32
印　　张 9.5
版　　次 2013年4月第1版 2013年4月第1次印刷
书　　号 ISBN 978-7-5447-2764-8
定　　价 29.00元
译林版图书若有印装错误可向出版社调换
（电话: 025-83658316）

献给我挚爱的妻子

我们如何才能达到不朽

回家，总要穿过——
流淌的人群，
牛奶与蜜，上面写着：
我们的名字，生存，孤单，彷徨，
因为这个世界想看。

打开天窗，
心是月的表面，
满目伤疤，静如福尔马林。
我只想问问：
是否爬过一座山，山就会低头？
越过那一片海，海水没有忧愁？
翻过一场沙漠，思念不再干涸？
种过每一棵树，上面都有铭刻？

如何才能够不朽?

或许只有速朽!

灰尘强过巨石,

夏虫梦里语冰,

我在这说的每一句——

不明就里,

都是,通往不朽。

1

不是所有的回忆都有如实质，多少年后他们都还记得那天开得正盛的夕阳。

那是在城市东郊的灵谷寺，群山郁郁葱葱，秋意刚刚好，还没有染出色，却拧干了多余的水。那抹古铜色是属于夕阳的，越来越浓，又愈来愈淡，现在恰是这由浓转淡的瞬间，所有拂过的叶面上都有了层琥珀色的凝光。不必细观每一片叶面的脉络，靠得太近，这光辉就会飘逸而去，空剩下干净的碧绿，摇曳着无情，因为它不属于他们任何一个人。所有人类的悲喜不若尘土，不是烟雨，不似光阴，不会让它有一丝动容。

只有把视线放远，再放远，才会在这碧绿的边缘发现那丝那抹的温暖。一片如此，千片如此，万片亦如此，居然千千万万网罗起天地世界，这流动的暗玫瑰金色光影随风起伏，层层递递，包裹着满眼的绿色，是从最初到最后的模样。

远处的远处是紫霞湖，在他们望着的时刻，湖面凝固不动，犹如一方琉璃，流光透过而被封存，秋风拂下而与定格。她正敞开粉红色的清澈胸怀，深呼吸这世间最美的辰光，等到夜的潜来，脚畔轻轻扯落的霞光丝丝入怀，才会氤氲化练，吐气如兰。薄雾从湖边最细微的阴影底下慢慢孕育，那可能是在垂柳的怀抱，或青苔岸脚扣着的螺蛳壳内，可能是蚁穴虫洞，又或藏在最后愈加低沉的蝉声呜咽中，总之，这孕育很快就会结出丰硕果实，翘首暗夜的采摘。

天光是暗了，从宝蓝色到蓝黑色，李文想起了小时候用过的钢笔墨水的颜色，英雄牌的。他最喜欢蓝黑色，纯蓝太轻浮，纯黑太沉重，只有这调和的色彩最合他意。他正站在高高的塔顶，俯瞰群山，就邂逅了这样的景色。他是个文静的青年，有宽宽的额头、不大的眼睛和一双细长的手，指甲干净而不藏污垢，他今天特意穿了一件白色的衬衫，在晚风中却有点凉了。游人渐渐稀少，整个塔顶就只有两个人了，另一个小伙子就是他的同伴、同学，张洛云。他穿着更轻薄的红色短袖T恤，上面印染着莫名的英文字样，跳脱难辨，张扬的红色更衬得他皮肤有点儿黑，一张脸最显眼处就是那对粗犷的眉毛，犹如狼毫毛笔的一提一捺，墨汁蘸多了点，宣纸晕染得有点过了，于是这妙笔常常叫人忽略他其余五官也是颇为秀气的。这身打扮和模样依旧停留在今年最热的季节，他正斜靠在栏杆上，双腿交叉，眯着眼睛，好似正享受着阵阵凉风。

“想什么呢？”李文奇怪他能有这么长时间的不语。

“没想什么，就觉得这时候该安静安静，你看，这风景多美！”斜阳把最后的光辉印在他的侧面，一阵风吹散他略长的头发，它们也在贪婪呼吸着缀满霞光的自由空气，飞扬起来。

“可是你正闭着眼呢！”

“不需要睁开眼睛，我已经把所有的景色收到心里了。我看到了群山，满山的树木，树上映照的光辉，光辉中的湖面，湖面上风吹起的涟漪，还有涟漪深处三三两两的游人。现在，我只需要默默地呼吸，那些空气会告诉我它们刚刚去过哪些地方，带来了哪些气息，我的耳朵也正在活动，它告诉我现在最动听的是那些不知道藏在哪儿的鸟叫声，听，你听见了没有？”张洛云依旧闭着眼睛。

“什么时候这么文艺，这么有慧根，可真不像你啊！”

李文也像他那样闭上了眼睛。啊，果然，好像听到了一声声布谷、布谷，从山的那边飘了过来，又倔强地清晰起来，好似在召唤未归的同伴，归来啊！归来啊！又好像在寻找回巢的路，在哪儿？在哪儿？这声音让他的脑海中浮现出了远方的家人，千里之外，乡关何处？

自己已经有一年多没回家了，上次暑假因为要打工没有回去，其实老家的那破旧的小平房，在夏日里如同蒸笼，不回去也罢！但此时此刻，一种淡淡的忧伤从心底里流淌出来，原来自己是那么地依恋那个小小的地方！父母起早贪黑劳作的身影，可爱调皮的弟弟红扑扑的笑脸，爷爷奶奶日益苍老干裂的面容，这些都让他有一种难以言状的感觉。啊！好久没有回去了，他们都还好吗？这种感觉蔓延、充斥，堵塞了心底的出口，让他不禁睁开了眼睛，身子探出栏杆，大声地呼叫："喂……喂……喂……"

群山回应着他的呼喊，稀释了他的心情，他感受到了风吹在脸上的畅快与自如，遥远的夕阳已经落入群山中，红霞晕染了最后一片蓝天，大块大块的银灰色云朵在向前流转，空气的味道是那样的舒服。他还想要往夕阳落下的地方眺望，那边有这个城市的轮廓，依稀看到一两处散落的灯光，那或许是一处工地，高高的烟囱里冒出灰色的烟雾，在这样的天气里居然化成归乡的炊烟。

李文觉得应当说些什么来打破刚才呼喊后的沉默：“你说，这样的景色是因为我们而变得这么动人，还是本来就很美，恰巧被我们捕捉到了？如果它的存在与我无关，那么为什么我会感到心中流过的凄美？好像越是美丽的东西越是让我伤感。如果说，是因为我，这景色才如此难以忘记，那么你看到的是不是与我不同？那些匆匆回去的路人是不是就无法获得这样的观照？这样的景色也许就只为你我绽放吧，而且是在两面不同的镜子里。”

洛云环顾了一下四周，想了想说：“我呢，可没你那么哲，你说的都挺有道理，可是你知道我现在最想做什么吗？我现在最想就这么跳下去！难道你没有这种一跃而下的渴望吗？当然，不是自由落体，不是吧唧一声着地，而是滑翔起来，像真正的鸟儿一样。我想看到山那边的一望无际的平原，平原过后的高山，高山之后的海洋；我想看看我们来的路是什么样子的；我想看看那些亮着灯火的地方是什么；我想看看万家灯火的模样，看每一扇窗户里有什么人，发生了什么。人难道就永远不能这样吗？做到此刻做不到的事情，我想终有一天会这样，选择成为什么样就变成什么样！你说呢？”

“我说我们还是回去吧，天快黑了，有点冷了，待会儿公交车就没了，再说，她们还在塔底下等我们呢。”是啊，李文想到还有人在等着自己，就不愿意再在这孤单的塔顶伫立了，于是边说边往楼梯走去。

一级一级的石梯上来的时候不觉得什么，往下走还真有点难度，特别是塔里笼罩着厚重的石窗筛落的自然光，若是早晨，也会惊叹于凿出这一缕缕光柱的伟力吧，而此刻，它也现出了踟蹰老态，漂浮涣散了。他们只能估摸着看下脚的距离，都不再说话，一前一后地盘旋而下。“她们没等得不耐烦吧，我们好像才上去就下来了呀。”李文心底里暗自想着，脑海中出现了她那双灵动的眼眸，有如点漆，映衬着额上的两条美丽弧度，定是仙女或精灵的国度洞府。还有两条秀气可爱的辫子，长短恰好，不知可曾有被它们的主人轻轻摩挲的时候？那又将是怎样的情形？不是十分白皙但健康的皮肤，恬静又充满了活力，她就是马小艾同学。另一个女生王琴琴也是他们的同学，是小艾的舍友，她是个闹腾的女孩子，整天蹦蹦跳跳。这次郊游就是她一手张罗起来的，先是午夜的电话成就了莫名其妙的联谊寝室，然后就是说要踏青登高，两个宿舍里的其他人又都积极性不高，拖来拖去，初春也到了晚夏，凑来凑去就他们四个人出发了。结果到了这里才发现景区还很大，等转了半圈到了塔底，两个女孩子说什么也不愿意爬上去，但是李文和洛云却不能示弱不登高，于是就说好了在塔底等他们。

说起来，都同学一年多了，他和她们两个女生还不怎么熟呢，应该说和班上所有女生都不怎么熟，这次也全是洛云撺掇着才来的，虽然自己在开学第一天的联谊晚会上就注意到了马小艾。那时候她给大家拉了一首小提琴曲《梁祝》，他不懂音乐，但看着她静静地站在教室中央，面容似水般沉静，旋律一下子铺满了整个教室，她略显细长的脖子和上身随着音乐自然而然地微微摇摆，偏偏又隽永不变，好似一尊会动的雕像，他突然想到了王尔德笔下的快乐王子，还有华兹华斯笔下山风拂过的黄色水仙，他觉得很美，也曾打动过他的心弦。但是他是个内向的人，从来不会上前找人搭讪，所以这一年里也没和她说过几句话。他最好的朋友洛云却不一样，他喜欢说话，特别是和女生。他的家就在这座城市，条件也还不错，所以会经常组织一些活动，不多久就和班上的女生很是熟稔，而她们遇到一些体力活，比如搬东西啊什么的，他也会义不容辞地去帮忙。

想着想着，眼前就光明起来，原来是从九层高的塔顶绕了下来。

“都快晕了！”洛云有点夸张地说，还做了个踉跄的动作，向坐在树荫下椅子上的两个女生走去。

“怎么上去了这么久啊，天都快黑了！你们再不下来，我们可要走了！”琴琴劈头盖脸就是一番抱怨。

“你们能走早走了，还不是怕没了我们当保镖，不敢往回走。”洛云倒也很是清醒。

“别争啦，再抱怨耽误了走路，说不定真赶不上回程的公交了。”小艾接着说道。

四人并排走在出景区的路上，洛云和琴琴走在中间，这方便他们时刻的拌嘴。另外两人安静地走在两侧，不时的插上两句话，如同和声，让声音更加立体饱满起来。前面的路渐渐变窄，两个主声部自然地走到了前面，其余的则自然不自然地也并排而行，刚开始他们俩都不说话，原来走路可以是这么专心的事情。

也不知道过了多久，小艾开口了：“你们怎么上去了那么久？”这问话却没有半点责备和询问的意思，也就是一句不经意的开场白，可以换成：“你看，天暗得这么快啊！”或者：“这里的空气真好哦！”李文听到这句问话，迅速做出了回答，仿佛话本来就在嘴边，再不说就要溜走了：“我们上去看风景，发了一通穷酸，也没注意到时间，不过，那景色真不错，你们不上去真可惜了。”

“其实我也想上去的，但琴琴非拉着我在下面陪她，你们都看到了些什么？”

李文将他所看到的，夹杂着想到的都说了出来。刚开始声音还有点儿颤动，思绪还有点儿混乱，渐渐地愈发流利顺畅，配合着前面的嬉笑声，这低沉的、从心底流出的声音是那样从容与自然。他心想这会儿说的话超过了以前和她说的所有。

她低着头听着，心里讶异这个看上去很舒服的男生原来不是那么腼腆，她曾看到过他去年在大学刊物上发表的两篇文章，文字是种奇幻的东西，也曾悄悄敲打她的心房，也曾好奇那些优美文字的主人是什么样子的？而对于她们，他却从来不先开口说话，总是封闭上自己的那扇窗。

她刚才那句问话只是为了打破沉默，谁知道竟然打开了他的话匣子，好在这个男生的声音不差，娓娓道来倒也不烦人。李文转过头看着她的侧脸，风吹起几束长发，她抬手不经意地将它们在耳后捋好，就这么轻垂着头，李文心头有点忐忑，不知道她有没有在听他说话，自己是不是说的有点多了？于是问：“你今天怎么想起来这里玩，是琴琴鼓动的吧？”

“是啊，本来是不太想来的，但是早上起来的时候看天气这么好，正是郊游的好时光，而且洛云还打电话到宿舍一定要我来，我想想也没有理由不来啊。不过还不错，今天这里的空气真新鲜，人也少，好久没闻到这么清香的气味了。”

洛云？原来是洛云打电话催她来的，于是她就来了！李文挥散掉脑子里这个刚刚冒出的念头，什么时候自己变得这么敏感，这些与我有什么关系？但还是一点点意兴阑珊起来，于是他们有一搭没一搭地说着话，很快就出了景区大门，又走了一段柏油马路，才到了公交站点。

所谓的公交车站就是一个指示牌与几根栏杆，只有他们孤零零的四个人。“不会没车了吧？那怎么办啊？”琴琴环顾四周，眼神好似受了惊吓的小鹿。天色几乎全暗下来，路边的野树郁郁葱葱，连成一片厚重的黑影，又仿佛有不知名的野兽在暗影里跳窜飘移，这不是野性的生气，而是未知生命的郁结与沉淀。如果黑夜遮住了黑色的眼睛，人类就用心灵来透视，而又有多少人对未知的黑暗不彷徨呢？

“都怪你！现在都快七点了，哪有什么公交车？要不是你在塔顶上待那么长时间，怎么会这样？要是没车了怎么办？”琴琴一个劲向着洛云抱怨。

“怕什么？不行我们就步行走回城，当拉练了！再不行呢，我看我们今晚就住在这，如此良辰美景啊！”洛云靠在栏杆上，双腿交叉，仿佛很惬意地说。

“这附近有宾馆吗？”

“地为床铺天做盖！”

“毛病！”

李文心底一点也不慌张，如果没车来怎么办？这有什么好担心的呢？他心底里甚至隐隐期盼这个最坏的结果。正在胡思乱想的时候，突然听到身边一声欢呼，一束光从远处打了过来，然后是熟悉的公交车特有的马达声，末班车施施然地来了。

车上的位子几乎被前面几站景点出来的游客坐满了，剩下三张靠边的单座，李文说：“你们坐吧，我不累，先站着。”洛云倒也不客气，一下子坐进第一个座位，边招呼两位女生坐在后面，边说：“行！待会儿我换你。”

车子缓慢地盘山而过，窗外已然是一片漆黑。车窗开着，空气里满是大自然甜甜的味道，大家大概都玩累了，没有人说话，只听到汽车的马达声。李文站立在洛云旁边，他多想停下来走一走这山路，却知道此时的车灯才是唯一的仰仗。山转过一边，窗外出现了一片橙黄色光芒，那是山脚下的小城，那点点亮光是那么的温暖，却是他们离开的地方，转瞬就轮转到黑暗中。不知过了多少时间，那点点光芒如同萤火虫般再次飘到他的眼前，更小了，那是因为他们的车又转过一圈，但是依然清晰，是的，就似昨夜梦中的星火。他知道了空间的距离，越来越远，但他不知道时间的距离，离开了一秒，就是永远的分别。

但是不久前那份清晰的记忆，如同夜风拂过他的眼睛，他看到了分明的如一。

不知多久，正在遐想，李文的手被打了一下，洛云说："快，后面要空出个位子了！"可不是嘛，小艾后面位子上的那人站了起来，准备下车了。李文想这小子的眼睛真尖，赶快几步走了过去，一屁股坐下，小艾却似乎没有发觉他的变化，依然双手抱胸，别着头，看着窗外。

李文也别过头去，怔怔地看着窗外，两张脸都靠近车窗，它就如同一面镜子，好像眼神一移动就能看到彼此，是那么接近又那样的遥远。不知过了多久，李文突然听到耳边传来低声的询问："在想什么呢？"他似乎恍惚了一下，说："啊，没想什么，就是想到了老家。"这倒不是谎话，李文确实想起了家乡的山路，比这陡峭多了，遇到下雨路滑，经常会有车祸发生，有经验的司机说如果碰到车打滑，一定要控制住最本能的惧怕，将车往路一边的山体撞去，因为另一边就是万丈悬崖。

“是吗？我刚才也想到了老家呢。”

“你的老家在哪里？”

“湖南凤凰，听说过吗？”

“当然了，沈从文笔下的凤凰是那么美丽与忧伤，江边两侧茂密的橘林，河边高高的吊脚楼，对吗？”

“是啊，平时住着可就没有文字描写得那么美丽了。你也读过沈从文啊，还喜欢看什么书呢？”

“我平时倒是喜欢看点哲学方面的书，因为我一直想弄明白世界是什么样子的，不过估计是不会明白的。”李文不打算就这个问题继续下去，不打算就这么没有营养的话题来唐突佳人，于是问：“你呢，也喜欢看书吗？”

刚才，小艾其实想问：“那么你现在觉得这世界是什么样子的呢？”她总是压抑自己对于身边这个男生的好奇心，她觉得这个文气的男孩内心一定有一种神秘的力量吸引着她，她想弄明白这是什么力量。这种力量，好像并不单存在于那高瘦的身体内，而是贯穿于她与文字结识的生涯中，在那些馨香的油墨味道中，在那些汩汩的流水声中，在那春日的晚霞里，那是窗台的最后一抹残红，也是最初的冬雨，点点滴滴地打在她漆黑的明眸中。这感觉，若隐若现地在她的生命中浮现，也许注定将贯穿下去。

但是，她还是回答道："喜欢啊！我小时候最喜欢看世界文学名著了，那时候几乎把书店里能看到的文学名著都看过一遍了，最爱看的是一个个爱情故事，特别喜欢《红与黑》中的于连，那时候天天跑新华书店，我妈最怕我这样了，不放心我一个人去，她也要待在那儿，而且还不能叫我快点走，因为她觉得看书总归是一件好事，所以后来每次我看书的时候她就拿团毛线去织。"

"为什么不挑上几本最喜欢的买回家读呢?"

"那时候家里穷啊，就靠妈妈和外婆开的一间小杂货店。"

"哦，那你爸呢？"李文在话脱口而出之后突然后悔了。

"很小的时候就不在了，我都不记得他是什么模样了。"

果然，双方都不说话了，李文觉得自己真笨，现在更是不知道如何接口，只能让沉默来安排一切，过了许久，终于忍不住说：“你的小提琴拉得真好！”

“你也会拉？”

“不，我不懂，洛云倒是从小学过音乐，他还会谱曲呢。”李文不知道为什么要提到洛云，大概夸奖自己的朋友如何优秀总是一件很保险的事情，至少显得自己也不会差吧。他接着说：“我虽然不懂，但是我觉得你上次拉得很棒，你从小就学了吧？”

“嗯，我上小学的时候，我妈非要我学一种乐器，其实我很不喜欢小提琴，每天站着练，一动不动非常痛苦，而且你看，这根小拇指也拉变形了。”说着，她伸出自己的手掌，确实从小拇指的轮廓看出关节处有点弯曲，但李文只觉得这是一双多么修长秀丽的手啊！在昏暗中渗透出温润光亮，该去拨动那金色的七弦琴，他忍不住赞叹：“其实，你这双手很适合弹钢琴啊！”

“是啊，我也很喜欢弹钢琴的感觉，可惜钢琴太贵了，也只能选择小提琴，你知道我最讨厌的是什么吗？就是每一次班级晚会，我非得拉上一曲不可，但是他们又不懂好坏，所以我就会故意拉错，有时候完全不按乐谱，他们都觉得很好。终于有一天，我突然不想去学了，就再也没去学过。”

“你妈同意啊？”

“当然不了，但是我就是不想再学了，那种感觉糟糕透了，所以无论怎样，我都不会再去学的。”真是个任性可爱的孩子，李文心想。

“那你妈不是很伤心？”

小艾没有马上回答，只是别过头，沉默地望着窗外，有路灯和车灯的光透了进来，已经到了城市的边缘啦，李文看到她的眼睛如同世上最美丽的宝石，吸收了所有的光亮，化出晶莹的流光。不过他知道他又问错话了，自己的舌头怎么不受大脑控制呢？他只能再次岔开话题：“除了《红与黑》，或者说除了爱情小说，你最喜欢哪本？”

小艾想了想说道：“我现在突然想到了《基督山恩仇记》，你看过吗？”

“没有，讲的是什么？”

“哦，那可长了，你确定你想听吗？”

“当然，只要你愿意说，我很好奇呢！”

于是小艾开始诉说这个漫长的故事，这时候整个车厢里只有她一个人的声音，她有点不好意思，声音越发地低了，像是窃窃私语。李文只好将身体更加前倾，老实说这个姿势不太舒服，但他觉得这美妙极了，光影变幻莫测地映在姑娘的脸上，鼻子闻到了淡淡的香气，他只是希望，这段路再长一点，故事再长一点……

2

虽然路很长，故事也很长，但总有尽头。

仿佛很快就到了学校门口，本来宽广的路面已经被小摊小贩挤得满满的。有卖小商品的，更多的是各种各样的食物：煎饼，锅贴，肉夹馍，凉粉，小馄饨，大馄饨，牛肉串，关东煮，麻辣烫。各色大排档。还有个专烧方便面的摊子，瓜子摊，水果摊，盗版碟摊，专卖打卡碟的摊子，专卖盗版书的摊子。各种花色吆喝声此起彼伏，混杂着学生们的呼朋唤友声、高谈阔论声、大呼小叫声，间或还有远处农舍边狗吠声传来，好一派热闹的天下！

“啊，这才是生活呢！”四人都有了这样的想法，“很晚了，食堂早关了，要不咱们吃点东西再回宿舍？”洛云向大家提议道。琴琴看了看小艾，等她拿主意。“不了，我们宿舍里还有很多可以吃的零食，走了一天，有点累啦，我们先回去吧，你们随意。”说完两个女生手挽手，肩并肩走进了校门。

风卷残云地吃完两碗馄饨面后，洛云又抢先付了账，两人往宿舍走去。从校门到男生宿舍有很长的一段路，要走一个长方形的长与宽。校门内就是一个硕大的广场，旁边是同样硕大的主教学楼，每一间教室都亮着灯，通体透明，如同一个个朴实的玻璃容器，每一个里面都盛了些来上自习的学生，现在还不是快到考试的时节，所以里面还是有大块大块的空间。

走过教学楼，洛云提议说抄近路吧，说完就走上了岔道，所谓的近道就是直接走这条对角线，中间要过一个长长的小丘岭。大概当初设计校园的人认为这是一道漂亮的天然风景，大学当然应当有点沟壑才有气象，所以并没有铲平，而是在上面种满了树木。不知道从什么时候起，这块地方被大家叫做桃花岛，一来是有那么几株桃花，夹杂在灌木杂树中；二来虽没有水，但确是陆地上的荒岛，这个名字也就一代代流传了下来。

岛上没有路灯，这样才足够自然，除了几条弯弯曲曲的小路就是深深的灌木丛，他们尽量沿着直线前行，脚下是前人们踩出的路，身边是半人高的冬青树，耳边是不知名的虫鸣和间歇性的一两声清越的鸟叫。这里屏蔽了校园内四处飘散的青春的气息，多了些萧瑟和寂静，这才是大自然本身吧。借着暗暗的夜光，能看到这些墨绿色的冬青叶子，吸收那为之不多的天光，它们背后是更肆意生长的植物。

更深的地方有许多高大的梧桐，只能看到它们高耸的黑影，这个时候没有风来摇动它们一毫。凝视这若有若无的暗影，没有色彩顺着粗大与细小的枝叶流动，流光静止了，原来世间万物本就是这个样子，被天地间一张无形的细密大网困住，灵动的只是飘逸在外的细枝末节，终归要回归尘土与安宁，而永恒的到底是这些不安分的瞬间还是那不变的本原？

李文跟在洛云身后，有点恍惚，仿佛不是自己在前行而是大地在自行转动，侧前方突然传来了一阵窸窸窣窣的声音，是什么小动物在夜行呢？前面的洛云毫无征兆地咳嗽了两声，窸窸窣窣声消失了。“是一对野鸳鸯！”洛云回头笑着对李文说。

“怎么样？今天没白出来吧，看你和小艾聊得挺好呀。”

“哪有？我看你和琴琴真是打情骂俏得很热闹呢！”

“她是个好女孩，可爱、漂亮，但不是我喜欢的那种，我喜欢文静的，要有一头乌黑亮丽的长发……”

“你就幻想吧，这么说来小艾挺符合啊！”李文觉得自己问得很自然，说完后，心好像被轻轻往上提了一下。

“刚才在车上就听见你们聊天了，都说了什么啊？”他没有回答之前的问题，这让李文被轻轻提起的心又往上提了一点。

“没有说什么啊，就聊些文学和她小时候的事情。你和她不是很熟吗？应该比我清楚吧？”

“你看，她就从来没有和我说过这些事情，我是和她们中任何人都很熟，所以对每一个人都很陌生。”洛云声音有点低沉下去，不再说话了。

四周又回归寂静，李文被提起的心又慢慢放下，黑暗中似乎有薄雾在升起，穿透了那张无形的罗网，交织在最黑的角落。拐过一个弯，远处出现了宿舍楼的一角，他看到楼道的白光里有人影晃动，似乎还听到了喧嚣的叫唤声，那是另外一个世界呢，他不禁环顾了一下四周，前方是洛云那略显瘦削的背影，身边还是那无尽的黑暗与隐藏的生机，空气里有各种植物的干净味道，还有些许的花香，是快要谢了的桃花吗？不知道在这暗夜中她们是如何盛开的，有灼灼其华的美丽还是已经全睡着了？这花香就是她们的吐气如兰吧？明天，或许后天，再来一场秋雨也许就会让她们化作地下的泥土，但怎么也好过这黑暗中的薄雾，消失就消失了，无声无息，一点儿影子也不会有呢。李文突然感到远处那灯光是如此的真实与温暖，心中充满了不自知的甜蜜与孤单，他好想大声呼叫，好想叫住前面那个瘦削的背影向他倾诉，但说什么呢？什么也没有啊！他突然有一种想哭的冲动，脚下也不断地加速，超过了洛云，向宿舍走去。

还没进楼道就听见洪亮的叫唤声：“有没有人晚上去网吧包夜的？报名啦，报名啦！”这是他们隔壁宿舍的王大宏，名副其实，天生一副大嗓门，正在拉客呢。大学时光对于他们文科生来说，有的是多余的时间来发泄多余的精力，少数人选择正儿八经地去上自习，那是有着明确生活目标的无趣的人类；大多数人选择足球、篮球、电玩、网络等等，就是再晚，也能听到黑漆漆的篮球场上传来哐哐的击打声，就是再早，也能在周围的网吧外逮到通红了眼睛匆匆吃宵夜或早饭的学生。青春的荷尔蒙需要一个突破口，而僧多粥少，大多数人都有自己小小堕落的办法，是啊，四平八稳还叫青春吗？学生生涯不都应该充满了小迷茫和小困惑吗?

大宏看到他们,夸张地大叫一声:“哇,踏青采花回来啦?爽不爽,有美女作伴啊!”

“滚,那之前叫你怎么不去?”洛云笑骂道。

“我嘛,首先不想当电灯泡,然后呢我昨晚刚通宵,今天下午才大梦初醒,快活啊!怎么样,晚上你去不去,组队兄弟们一起打?”

“不去了,今天走了一天路,累死了!你们该干吗干吗去!”

“靠,不是走路累的吧?说,你们到底干吗去了?不去算了,枪法那么差,本来也没指望你,我还要继续动员,好狗不挡道啊!”说着大宏从楼道中走过,向下一个宿舍晃悠过去。洛云每次和他们一帮兄弟见面,大家说话都这么直白而又隐晦,好像只有故意这样才能体现出弟兄们的感情深厚,以及大块吃肉大碗喝酒的豪情。

李文有点动心,去网吧玩个通宵也不错啊,至少可以看通宵的电影,怎么自己会有这样的念头?有点奇怪,回头看了看大宏已经不见了,算了,还是不要这么无趣与疯狂。回到宿舍,就看到一堆人凑在那里看盗版碟,上下床都坐满了,地上的瓜子壳如同一层厚厚的落叶,走上去沙沙作响，他们俩怪叫一声，在自己的床铺上挤到一个位子，看起了半截的电影。

十点半是熄灯时间，大家都作鸟兽散了，留下一屋子的狼藉，剩下了原来的主人：李文、洛云、老邱和陈经济。老邱确实很老，嘴里老是叼着根烟，属于七十年代中生人，据他自己说原来在南方的一所无比美丽的学校读外文系，后来觉得一切实在太无聊就辍学了。本想在老家附近找个地方落脚，可是老爸突然中风衰老了，不知道是不是被他气的，反正老头子一直对儿子没有读完大学耿耿于怀。所以老邱良心发现，又重新考了这所还不错的大学，学了个听上去还经邦济世的专业，按他的话，哪里不都是混嘛！

陈经济的本名当然不叫这个，他家在本地农村，条件一般，人倒是挺上进，是他们宿舍最爱去上自习的。有一次不知道谁看到了《金瓶梅》上有个人叫陈经济，他又姓陈又学经济，所以就叫陈经济了，这名号就从此叫响了，他之前没看过那书，也就没啥意见，总比外号叫什么胖子、小黑、小白的好吧。

老邱站在墙角一边嗑着瓜子，一边骂道："丢你老母，一帮混人，把地搞成这样，不扫就全溜光了，经济，扫把来打理一下！"老邱的口头禅就是从老家带来的这四个字——丢你老母。

“快熄灯了，明天再弄吧。”经济已经爬上了床，话音刚落，眼前一片漆黑，顿时宿舍楼里叫骂声喧嚣而上，“丢……”老邱附和道。

李文躺在床上，鼻子里闻着瓜子壳残留的味道，一点睡意也没有。眼睛在熟悉了短暂的黑暗后，宿舍边的街灯将里面照得朦朦胧胧，莫非将要辗转反侧了吗？不知道过了多久，一个声音从下铺响起：“李文，睡不着啊，要不开卧谈会吧？”

“丢！我就知道你们今天出去后春心荡漾，难以入眠了吧？”老邱懒散的声音也出现了，“漫漫长夜，让老衲来开导开导你们吧！”

“天啊，你们不知道我有神经衰弱吗？我这会儿睡不着，一夜都没办法睡了，到时候你们就死定了！”经济头蒙在被子里，但是说话声倒是一点儿睡意也没有。正这当口，丁零零，丁零零，电话响了。

“丢你老母，午夜凶铃！”老邱不得已趿着拖鞋下了床，没办法，电话靠他最近，当初选床铺的时候，他恰恰因为这选了这个位置，说方便在被窝里和女朋友煲电话粥，其实压根就没用过几次，女朋友的电话是越来越稀少，但老邱还一如既往地写信，说这样才古典、经典。

“经济，你的电话！”陈经济一个骨碌翻身下床，无比敏捷地接过电话：“喂，哪位？哦，等我一下。”说完后，他从床上抓了件衣服披上，然后将电话线拉到了门外的走廊上，反手掩上门，接着就听到含含糊糊的低声细语。

“丢，是个女的！想不到经济这么风骚啊！”老邱高声说。

“你不知道啊？我听说他最近在网上搭上个女生，可热络了，据说人还在美国，上哈佛大学呢。”洛云接着说。

“不会吧，跨国电话，你们以为是拍电视剧，还哈佛呢？”李文觉得很假。

“那等他回来后看我拷问拷问他！”洛云很是兴奋。

这时候，四周慢慢静下来了，连屋外的细语声也显得那么遥远，有一种意兴阑珊的情绪在弥漫。洛云问：“老邱，你最近还写信吗？也没看她怎么给你回信啊，你每次都写什么啊？”

“云啊，你小屁孩一个懂什么？我在写我的心，生活太无聊了，每天就是上课、下课、打球、洗澡、吃饭、上厕所，活在表面一样，我只把我最深沉的东西写在信里。”

“老邱，你的梦想是什么？”李文突然插嘴道。

“我的梦想？只有你们才有所谓的梦想，我都快三十了，所有的梦想都死掉啦。”

“那么，你以前有什么梦想？”老邱没有马上答话，沉默了片刻依旧懒懒地说：“我那时候迷恋文字，想创作很多很多的作品，想用自己的眼睛来看这个世界，自己的笔来爱这个世界，然后想和她生活在一起，简简单单，面朝大海，春暖花开，种种小田，天下太平。”

“老邱，你真是高境界啊，可是现在呢？你依然可以实现这样的梦想啊！”洛云接着说。

“不可能，我知道不可能了，所谓的这些东西已经在我第一次辍学的时候消失了，现实太现实了，你们现在不知道，我问你，你觉得快乐吗，自由吗？”

“自由？当然，我至少没有觉得不自由啊，你看我现在想干什么就干什么。”洛云回答。

“云啊，那是因为你的欲望和要求只有那么一点点，或者还没有想过这些问题呢，你没有叛逆过吗？”老邱继续问，他喊人总喜欢充满感慨与肉麻地喊着云啊、文啊、宏啊、经济啊……

叛逆？洛云想了想，自己还真没做过什么出格的事情，唯一记得的就是小学上晨会的时候，总是跟着周围的孩子乱唱少先队队歌，胡改歌词，他觉得很刺激，等到初中的时候，老师让大家入团，他就是不入，自己也说不清为什么，好在父母老师都蛮开明，没入就没入，弄得现在开团组织生活会，他还算是旁听呢。

见洛云没有答话，老邱又问："那你有什么所谓的梦想？或者现实一点，你毕业后想去做什么？"

"做什么？我真的没有仔细想过，或许找一家银行上班，赚很多钱，然后去世界很多地方，巴黎、纽约、潘帕斯草原、非洲大草原、热带雨林这些我都要去看一看。"

"一个人？"

"当然不了，当然和自己最爱的人！"

"是和你的璐璐吗？"

璐璐？洛云眼前却浮现出了一张秀气的瓜子脸，巧笑嫣然，不禁有些痴了。

"云啊！"老邱老气横秋地说，"有花堪折直须折，莫使金樽空对月，要珍惜眼前人。云啊，我看你好久也没和那个璐璐打电话了吧，现在这个世界上好女孩越来越少了，想找一个简单纯洁的真是打着灯笼都难找，等你们毕业了就知道了，学校里的恋爱才是真正的恋爱，不掺杂其他东西，就像水晶，易碎但绝对清楚，不要像老衲我，现在经常会后悔呢。”

“后悔什么？”李文冷不防地插嘴。

“丢，原来你还活着啊，后悔啥？后悔当初在校园没多谈几个啊！”

“你现在依然可以谈呀！”洛云说。

“不行啦，和你们小孩子有代沟，况且我也算是曾经沧海的人了，取次花丛懒回顾，半缘修道半缘君呀，我怎么也要洁身自好，虽然老衲我现在已经不再做创作的千秋大梦了，要老老实实混日子了，但是我还是想和最爱的她一起快快乐乐地在一起一辈子啊。”

“老邱，你觉得所谓的爱情就那么重要吗，比生活本身还要重要吗？”洛云问道。

爱情是什么，是那舌尖的一滴甘露吗？
是那暮霭重重中的一缕阳光吗？
是大海浪尖上的一朵晶莹的浪花吗？
是老佛爷商店里最昂贵的一颗松露巧克力吗？
是春天里柳叶上的那弯弧度吗？
是秋天里最后一片飘落的黄叶吗？
是炎炎夏日里大榕树下的清爽绿荫吗？

是小荷才露尖尖角的那一抹嫩红吗?

是两只黄鹂鸣翠柳的翠黄吗?

是书本里夹着的烫金精致书签吗?

是湖水中那妖娆秀丽的水草吗?

是古道西风的那匹瘦马吗?

是雨巷的那朵丁香花吗?

是巴黎妇人最美的褶皱裙边吗?

是埃菲尔铁塔的塔尖吗?

是午夜梦回后的苦涩与甜蜜吗?

不,这都不是!

对于我,爱情是面包!

是粮食!

是比黑更黑的黑,比白更白的白!

是清晨的第一缕阳光,是大漠中第一滴清泉!

是整个的大海,可以掀翻任何船舶、河流、山川的大海!

是游子思乡的最后一丝残梦,是孤独孩子的最初一件玩具!

是大草原上喷薄而出的太阳,没有他,就是无边的黑暗!

是十五那最圆的一轮清月，没有他，旅人的心将无处安放！

是你们都不曾体会到的东西，是这个世界都没有的东西！

是大厦的基座，是青春本身，是冬天里的火炭，是夏天里的甘泉，是最美姑娘的眼睛，是这眼睛里焕发的异彩！

老邱有如神助般地喃喃自语，时而低沉时而慷慨，却让两个年轻人陷入了无边的沉思。

不知道过了多久，夜已经很深了，李文听见门轻轻地打开、关上，经济蹑手蹑脚地把电话挂回原位，爬上床，躺下，良久换了一个姿势，良久又翻了回来，啊，也是个无眠的人啊！李文想，可是我呢，为什么会睡不着呢？真是漫长又短暂的一天啊，他开始回忆今天的点点滴滴，每一个细节，公交车上的每一句对白，她说话的语气，如同一幕黑白电影，隽永而清晰，消失了颜色才回归到语言本身。还有灵谷寺塔顶的那抹夕阳，夕阳下的姑娘，那无边的晚风，晚风中的她……李文看着窗外的微光，仿佛这就是时间的尽头，而自己就像一叶孤独的小舟在其中漂移，没有风，四周白茫茫一片，但他一点也不惊慌，这才是世上最安全的河流啊，他的心中装得满满的，一点也不孤独和寂寞。他甚至觉得，如果有足够的粮食和水，他可以靠咀嚼这心头的内容过上一辈子！这是什么？是什么？啊，这就是爱啊！

当他几乎喊出这句话的时候，整个人仿佛突然松了一口气，变成了长长的一声叹息，这如蜜如愁的感觉啊，却偏偏让他如此充实与快乐，是的，当他想明白了这就是爱的时候，他是快乐的，拥有爱难道不让人高兴吗？他觉得这初秋的夜里是如此美妙呢，窗外的虫鸣是那么动听，昏暗的灯光是朦胧到极致如梦，隐约的树木在向他优雅地摇曳着身姿，邀请他来参加这个神秘的舞会，哦，可是为什么又有丝丝忧愁呢？他在害怕什么？害怕空气会泄露他的秘密吗？害怕别人能够看穿吗？害怕她能够知道吗？还是害怕她不知道？他又叹了一口气，如此悠长，在这个暗夜里让人心生悲凉。

又不知过了多久，他感觉天已经黑得不再那么透彻，已经开始渐渐泛白，正在他迷迷糊糊之际，突然听到床下传来一声不高但清楚的呼喊："我决定了，我决定正式追求我真正爱的人！小艾！我不能再等待了！不能再寂寞了！"

不错，这个声音属于他最好的朋友，张洛云……

3

八点钟是第一节课，高等数学，洛云很早就起床了，招呼着李文一起去吃完早饭，说是要早点去教室抢个好位子。这是公开课，两三百人坐在大教室里，坐在后面的确实听不清楚，但是他们一群男生一定会找最靠后门的位子坐下，先去点个名，然后第一节课结束就翘课了，打游戏的打游戏，上网的上网，回宿舍的回宿舍。每个人都没有明确的方向，纯看心情和随大流，唯一确定的目标是绝对忍受不了枯燥的数学。如果他们良心大发现，第二节课居然没有翘课，那么第三节课结束之前是个极限，绝对要走了，因为这时候大概食堂的第一波热饭快要出炉了，他们认为这时候的饭菜是最棒的，而且食堂里还没有人，一流的用餐环境。所以经常会看见他们在十一点左右就等在还关着的食堂门口，如同一群嗷嗷待哺的狼崽，青春是宝贵的，理所应当用来追求更本质的东西。

洛云和李文刚到教室的时候，各个角落三三两两地坐着几个学生，他并没有如他所说的去抢个靠前的位子，还是如往常一样坐在最后一排的边上，然后就和李文有一句没一句地乱聊起来。过了一会儿，成群的人开始走入教室，有的手上还拿着豆浆热包子，优哉游哉地晃荡进来，没过多久，教室就几乎坐满了，空气里还洋溢着肉包子的油腻味道，这份腻味让李文想到了每每姗姗来迟的一个总是穿黑色紧身吊带的胖女生，她的步调颇为用力，犹如走肥猫步，款款而来，摇曳着一身好肉，他们都叫她“铁达尼”，大概是指同一级吨位吧。这种油腻绝对是教室的天敌，让黑压压的各色人头和前面的黑板都微微波动起伏，就似极热天远方柏油马路上空气的变形，越发显出高数课的面目可憎。

他的眼神总是不时飘向门口，终于如愿捕捉到了那个身影，和同宿舍的女孩子们鱼贯而入。她今天穿了一件纯白的马海毛毛衣，头发也不似昨天那样分成两根辫子，而是简单扎了个马尾，手捧着好几本书，找了个第三排的位子坐了下来。

洛云二话没说突然站了起来，走到了前面第三排，在最后一排聚集的同道们诧异的眼光中，让边上的同学站起来借过一下，径直坐在了小艾的旁边，原来，那里还有一个空位呢。

见到这么刺激的场景，最后一排的这帮人突然发出一阵起哄地骚动，还有人吹了几声口哨，反而惹得前排的同学回头汴视。李文的心头顿时有一种说不出的感觉，是苦涩吗？这与自己有什么关系？是如大家一样表示惊讶与激动，或是装作若无其事？他看见小艾好像感觉到了背后的声音，但没有回头，反而脸颊有点微微的红，这更让李文那颗无处安放的心没有了方向，如同浸泡在福尔马林溶液中，表面平静如昨，内里悄无声息，生气全无。

整节课最后一排的男生们都在议论洛云的成功曲线，分析他的期望值，给出自己的置信区间，应当是正态分布吧，哦，这些名词来源于正在演绎着万恶数理统计的老师的含混不清的口音中，他人到中年，干瘦，头发稀疏凌乱，戴着厚重的眼镜，一看就是教数学的。他是老烟枪，每次课间要走到教室门口狠命抽上几口，好像上课就是为了显现那十五分钟的无比珍贵，或许他比他们这群人更期盼听到下课铃吧。于是他们轮流派一人在课间找他搭讪、递烟、点火。果然后来大家都从从容容过了数学考试。

谁说男生不八卦？他们同样不会放过任何可以打发时间的机会。女生八卦似细雨，绵密细长、漫天漫地，却也绵里藏针、源远流长、无比坚韧；男生八卦如暴雨，夹杂着各种或善意或歹毒的哄然而笑的雷鸣电闪，但收放迅捷自如，倒也脆弱。李文无数次不想去看小艾和洛云的背影，但每次他的眼神还会在游离半天后又飘到了那里，他们两人偏偏还有时候窃窃私语，估计是洛云借着讨教问题的机会在没话找话，这让李文更是说不出的憋屈，一节课都魂不守舍，心里一遍遍想："我不能再在这了，我不能再在这了……"

下课铃刚响，李文就从后排走到前门，第一个走了出去，他走得很快，似乎觉得背上投来好几道目光，心中有个念头闪过："你们都看到我了吧！"等出了门却不知道要去哪里，空气倒是比闷着一两百人的教室要通畅很多，他做了个深呼吸，却仍是意味索然，下意识地向左手走去，那是宿舍的方向，走了几步又心想："算了，不如去图书馆看看书吧。"于是又回头，向同一层的图书馆走去。

因为是新校区，所有建筑都是新建的，偌大的图书馆更像是个巨大的仓库。水泥地面，一边是密密麻麻的书架，一边是大大的方桌，八个人围坐绰绰有余，可能现在是上课时间，里面空空荡荡，李文放下书包就去挑书，转了一圈，拿了本邓晓芒的《思辨的张力》，这本写黑格尔的书很久以前就看过，高中时学校小小的图书馆里居然会有这本书，他似懂非懂、基本不懂地翻过一遍，当时和现在只记住了两个术语：扬弃和自否定之否定，后来生搬硬套地用到一篇作文中，老师居然大为赞赏，他在拥有巨大的成就感之余明白了哲学的第一个用处，就是用来唬人，用概念的大棒来使细弱的文字看上去很牛。

那算是他的第一本哲学启蒙书，实在是启蒙得够深，直接带来了更多的蒙昧，但至少是打开了这方面的兴趣，洛云就说他是心理变态才会喜欢头脑自虐，小心变成哲学系的那帮人！他们宿舍楼道里还住着一个房间哲学系的学生，四个人好像都戴着厚重的眼镜，整天闷在宿舍里，任他们在楼道里翻天覆地也不露面。李文也常常拿此来警惕自己，对于哲学，他的态度是点到为止，绝不沉迷此道。

此时此刻重新看到这本书，居然有一种熟悉的亲切。他乡遇故知，他毫不犹豫地把它从书架上取了下来，还是很新的呢，看来就没多少人翻阅过，油墨香从指间掠过，让他浮躁的心渐渐沉了下来，他特别有把这本书带回宿舍的冲动，不是暂借，而是永远地带回去。他每次看完一本好书再还回图书馆的时候总有些不舍，觉得它们被安放在长长的书柜上，等待着他人的垂青是非常的寂寞，而且如果遇到不珍惜的，被借出去一趟回来后仿佛就老了好几岁，他想着都心疼，每次听那翻书的沙沙声，莫不就是它们无尽的叹息？呼唤他把它们带回去好好抚慰，但，终究要送还的。

找到这本书，他觉得心头满满的，至少说明翘课的抉择无比正确，他还想再找几本书，只借一本书多少有点傻。突然他的眼睛被几个烫金的字吸引了：《基督山恩仇记》，他毫不犹豫地取下，好厚的一本，是精装本，封面是厚重的木刻版画，他心头泛起了微笑，拿着这两本书回到了看书的大桌前。

他打开那本《基督山恩仇记》翻看起来，因为大概知道了故事的梗概，所以如同在和一个老朋友叙旧，他觉得小艾的记忆力真好，连书开头的几个细节她都曾绘声绘色地说出来，想到这，他心里面又怅然若失起来，怎么会翻起了这本书？就在昨天以前他肯定不会借这本书，如今，这个书名已经如同一个符号一般，贴在了他的心里，只要不经意地揭开，就会有莫名的甜蜜与苦涩。他也许并不喜欢这种感觉，但这种感觉却爱上了他，总是如影随形，无所不在，可是这个符号的另一个主人又在哪儿呢？在隔壁的隔壁的楼下的大教室内，正在认真地听着讲座，哦，不，也许和自己最好的朋友聊得正开心呢，而他自己又有什么好不开心的？她并不是他的，这个世界上没有人拥有支配另一个人的权利，她的灵魂是那么恬静、自由，他又有什么权利将她网住？她的一切都不是他的，都与他无关呀，她可以和任何人聊天，打闹，这又怎么会让他不开心？是的，她不会属于他，也不会属于洛云，不会属于这个世界上的任何一个人，她只属于她自己，只有她自己才会明白自己晶莹剔透的心灵，而别人，是不该也不能妄自揣测的。

初秋的阳光透过玻璃洒在他的身上，他抬头看窗外，海水般湛蓝湛蓝的天呢，为什么会想到海的颜色？书上说海的蓝还是天空染成的。仔细听有树枝上的鸟儿在高声啼唱，它们是这世界上最幸福的生物吧，对于大自然有最原始的歌唱。它们热爱每一缕阳光，并快乐地大声抒发，它们有一双属于自己的翅膀，可以往更高更远处拥抱自由与光，它们才是造物者的精灵，拥有一切自然生物的优点：敏捷，灵动，自由。懒懒的阳光这么包围着他，他想原来生活可以这么平淡，这么简单，洛云说他想成为一只飞翔的鸟儿，他又何尝不是呢？自己还没有过以梦为马的年纪呢，梦中的塔尖该对他微笑，有着宗教一般圣洁的光环，朦朦胧胧，召唤他去远方，去远方……

梦想？自己的梦想是什么呢？小时候在很长的一段时间内他希望当一名警察，那时候他最喜欢的玩具就是一顶大盖帽和一把玩具手枪，他会戴上帽子，把手枪别在腰间，看上去却像个小土匪，后来他把那把手枪从三楼高的地方扔了下去，摔得粉碎，这不是对于暴力的觉悟与反抗，而是他固执地想去测验一下这把神奇的玩具够不够结实，有时候他也会很偏执呢。他后来反省自己这个最初的梦想来源于对暴力的害怕与盲从，那时候他觉得警察是世界上最威风的人了，他最怕两种人：一是警察，一是他严肃的父亲。只要他一调皮，妈妈就会和他说："不要闹了，待会儿警察来了把你抓走！"然后他就会惊恐地安静下来，而这正是这个梦想的源头，当他想明白这点后，曾经深深地感到难过，自己原来不会选择反抗与斗争，反而想反转成为这样拥有权威的人，作威作福，这实在是自己最大的悲哀。

后来不知什么时候开始，他爱上了看书，而且自虐地喜欢找自己看不懂的，当时他最崇拜的读书人有两位：钱锺书和陈寅恪。钱的天马行空和才华横溢让他望尘莫及，陈的坚守自由与崇尚独立让他心生戚戚；他梦想成为这样的人，可以游学欧洲，可以著作等身，可以皮里阳秋，可以率性而为，可以有深深的苦痛，可以有执着的坚守。于是他更加努力地找各种书籍阅读，希望在有生之年也能学贯中西，自成一家。可当他看的越多就越发惆怅，明白自己天赋有限，终其一生最多也只能拾人牙慧。

于是他剑走偏锋，去阅读哲学方面的书籍，他越是想了解这个世界的本来面目就越是迷糊。他的梦想越发简单与艰难，那就是弄明白世界到底是什么样的。康德的书让他难以自拔，黑格尔让他云里雾里，他知道自己智力有限，不适合这么艰苦的跋涉，但他已经放不下了，他希望有一天一个无比简单的世界和道理呈现在他面前，他所有的抉择都将不再艰难。其实很小的时候，他经常在睡觉前拼命地想这个问题，对于满屋子的黑暗他既兴奋又害怕，他兴奋是因为无知，以为有可能想明白世界的本相，害怕是因为他觉得造物主肯定不允许这样的人存在，所以万一他突然明白了一切，那么也是他的死期。

他不明白那时候自己怎么那么愚蠢，就像他不明白现在自己的幼稚一样，他隐约知道自己的梦想有一天终会随风而去，父母的期盼，弟弟天真无邪的眼睛都将让他选择一份安稳的职业。职业？他从来没有认真思考过这个问题，他以为车到山前必有路，大学时光很长没有尽头，等到将要选择的那天，答案就会从天而降，他只需要安静的等待，想来，这也是懦弱和逃避吧。

他这平静的湖水，好像才被投下的石子激起了涟漪，终归有一天要平静吧，他心中又产生了莫名的忧伤，仿佛有一条明澈的小溪从心头流过，带走了他的生气与活力。煦暖的阳光熏得他有点儿困，或许是昨天没睡好吧，他将手枕在桌上，将头埋了进去，睡意淡淡倦倦的来了。迷糊了一会儿，他抬起头，看了看墙上的钟，时间似乎走得很慢，阅览室门口走进了两三个学生，他一愣，似乎看到了那个熟悉的身影，心突然一阵悸动，再定睛一看，原来不是。是啊，她怎么会来这里呢？还在上着课呀。他依旧埋下了头，但这个念头一旦发芽就会坚韧地成长，蔓延而上，他的睡意消失了，他想抗拒这种消失，但连个梦的尾巴都抓不住，满脑子胡思乱想，她会出现？不会出现？会出现？不会出现？他听到有脚步的声音，抬头，是有人从走道走过，他想如果下一个走过的人是女生，那么她就会出现，良久，一个男生匆匆跑过。他绝望地低下了头，想要继续看书，但满纸的字都在摇摆舞蹈，让他不时要抬头朝门外望去。

那人终究是没有出现，不知不觉到了中午时分，图书馆门外的走廊上渐渐人声鼎沸起来，大家都往食堂拥去。李文也收拾好书本，准备将这两本书借出，走到出口的前台，正等待填表盖章的时候，突然一个清瘦的女孩捧着两本书走了进来，是的，白色的毛衣、熟悉的步伐，不是她是谁？

李文马上低下头，脑中一片茫然，该怎么打招呼呢？等他抬起头，她却已经走到他面前，落落大方地笑了："你怎么在这里？"

"我，我来借书的，你呢？"

小艾扬了扬手上的书："下课了，我来还书的。"

李文看到那是三卷本的普鲁斯特的《追忆似水年华》，奶白色的磨砂封面和她的衣服倒很配。

"你看这书？"李文接着说，"我以前看过第一章《在斯万家那边》，'在很长一段时期里，我都是早早就躺下了……'不过到后来就看不下去了，但这是本非常好的书，我可以感觉得到。"

"是啊，我也是这么觉得，我本来借了三本，结果看完一本就看不下去了，就像吃一道极美味的点心，一碟却已经吃饱了，那么我就把它还回来了，留待希望品尝的人了。"小艾看到了李文手上的书，凑过去看了看，是《基督山恩仇记》。

“怎么，觉得我昨天说的故事不精彩？”她促狭地问道。

“不，不，当然没有。”李文有点慌乱，好像害怕被她看破些什么，这本书于他已经不仅仅是一个故事了。

“那就是觉得我说得不够详细，再看看补充补充？”小艾依然不依不饶，她似乎很喜欢捉弄眼前这个男生。

“不，不，你说得很详细，很精彩，我只是恰巧看到这本书就翻了几页，顺道借了出来。”

“恰巧？那你看到哪里了，知道我昨天讲得很详细，很精彩？”

“这……其实也刚看了个开头……”其实他连前两章都没翻过去呢，好在说话间已经办完了借还手续，两人已经信步走到了走廊上。

“去食堂吗？”李文问得很自然。

“不了，现在食堂人太多，我先回宿舍，你呢？”

李文有点失望，也好像松了一口气，回答道：“我也先回宿舍。”说着两人并肩向宿舍方向走去。

一路上都是来来去去的人群，大多三五成群地向食堂走去，他们在大路上拐了个弯，在通往宿舍区的路上，人潮消失了，但依然有三三两两刚吃完饭回宿舍的学生，如同觅食回巢的归鸟。这来往反复的人群才是学校的真正味道所在吧，李文可以感到扑面的青春和无所事事懒散的味道，他也是他们中的一员，也随着这人流来回漂泊，没有方向感就是最大的方向，他在这一刻，至少迷失了方向，只是随着小艾的脚步前进。两人都没有再说话，李文有一百个话题，都犹如闪电在脑中划过，又消失于晴空。小艾依旧略低着头走路，她也不知道该说些什么，是想说却不知道怎么开头的那种，或许这种沉默就是最好的结果吧，她觉得有种东西在他们的沉默中滋长，若有若无，但绝不惹人讨厌。许久，许久她终于说话了："我到了，再见吧。"李文这才恍然发觉，不知不觉中他们走到了女生宿舍，看着门口进进出出的女生，他突然感到一阵脸红，挥手向她告别，回头向男生宿舍走去。

宿舍里很安静，大概提早翘课的已经到校园边的哪个网吧潇洒去了，正常下课的还在吃饭，房间里只有老邱一个人在伏案而作，李文一边泡着碗面一边问："老邱，没去网吧啊？在创作什么？"

"写信！"老邱没抬头，过了一会儿鼻子嗅了嗅说，"太香了，被皇军征用了！"说着就要去拿桌上刚泡的碗面。

“不要！”李文一个箭步抢了过去，赶快用塑料叉叉了一口放进嘴里，一边哈气一边说：“烫死了，要吃自己泡去！”老邱也没再搭理他，悻悻然还是继续去伏案了。

“写情书啊？老邱，读一段让我见识见识？”

“我正在写情诗呢，一边去，别打扰我。”正说着话，门被推开，大宏、洛云和经济吵闹着走了进来。

“洛云，你小子太不仗义了，追女生之前也不让兄弟们参谋参谋，不过眼光还不错，寡人颇为欣慰啊！怎么样，进展到哪一步了？课上就见你们窃窃私语，两小无猜，搞得兄弟我都没舍得翘课啊！”大宏的大嗓门破门而入。

“是啊，是啊，不会真是昨晚才决定的吧？老实交代，坦白从宽，抗拒从良！”经济在一边附和。

“你倒来问我了？你昨晚电话怎么回事，猥琐的样子，还是越洋电话？是那个网名叫朱朱的吗？看不出来你这么老实一孩子，手伸的比我长多了！老邱是吧？昨天你接的，声音柔媚不？”洛云看老邱埋头在那里，企图到处煽风点火，转移视线。

老邱咬着笔杆子，还是没有抬头，嘴里咕哝道：“世风不古，世风不古啊，吾谁与归，吾谁与归啊！”

“你们都是骚人怀春！来，来，一个个交代，今天寡人收获真大，都是劲爆的，经济你先来，哇塞，网恋啊，见过面没？没见面就舍得下本钱越洋电话啊，真的假的？你没上当吧？”大宏很是兴奋，他愈兴奋，嗓门就愈大，瞬间，一个个身影迅速从宿舍里窜到走道上，大声询问事情的经过，一时间宿舍里就像开了锅的沸水一样，大家也不知道听没听明白就各自大声发表意见，经济吓得说肚子痛，直往厕所跑去。于是整个焦点都转移到了洛云身上，大家又开始你一言我一语地传授经验，洛云倒也来者不拒，笑眯眯地听着，不时还咯咯地笑道：“好主意，好主意！”

正在这个时候，老邱突然大吼一声：“安静！安静！我的诗写完了！”

趁大家都还愣神的片刻，老邱跳上凳子，高举稿纸，竟大声朗诵起来：

密涅瓦的猫头鹰，
在午夜的黄昏里盘旋而上，
牧童在塞纳河上放声歌唱。
我看见了黑雨正倾盆而下，
搅动起爱琴海里纷飞鱼虾。
我沉迷于下水道中的光芒，

穿透了这个城市虚伪鲜亮。
我愿意化作最卑微的灰尘，
那就这样匍匐在你的身旁。
也不愿意变成高傲的玫瑰，
顾影自怜祈求别人的垂青。

浔阳江头的月亮，
在诗人的酒里变幻着故乡，
孤魂在白夜里凄厉地歌唱。
我闻到了艾草中思念味道，
召唤那灵魂出窍般的哭号。
密密麻麻的忧愁如影随形，
缝纫机在割破自己的针脚。
我要将自己五脏六腑揉碎，
捣成深秋的最后一朵残红。
也不愿意你在荒原上徘徊，
是等待从来没有过的希望。
好吧，好吧，
你说你不再绝望，
会用叹息来歌唱。

来啊，来啊，

我哪怕马上死亡，

也要罂粟花芬芳。

你说这个城市很脏，

你抛弃了彼此梦想。

却要我去折翅飞翔，

在地狱中寻找天堂。

让天雷将我彻底劈碎，

那才是我最初的地方。

但凡还有那一缕残念，

也要抱着你重投罗网。

4

无论有趣还是无聊，日子总是过得飞快。眼看着秋意越来越浓，这或许是一年中最美的季节了。大自然充分展现了它的鬼斧神工，树叶化出绚丽多姿的色彩，漫山遍野层次分明，念去去千里烟波，暮霭沉沉楚天阔。在这样的季节最易打动人心的那一缕情思，未必是对佳人的思念，可以对离别的友人、对渐行渐远的故乡、对逝者如斯的时光，哪怕是对着无比绚丽的满山红叶、对着天高气爽的清越时刻，就对这一瞬间，产生无尽的情思与追念。

在这样的时光里，每个人都有权利去挥耗无处安放的青春，大宏一如既往地呼朋引伴去网吧颠倒黑白，经济隔三岔五地就会接到一通无法查证的越洋电话，老邱依然每天不日上三竿不起床，晚上叼着烟整个楼道晃荡，李文和洛云各有各的，但来源于同样的烦恼。自从洛云高调追求小艾后，却没有实质性的进展，每次千方百计找出理由约小艾出来，她总要拉上琴琴，造成的直接后果就是小艾自己变成了电灯泡，照着两人在一起碰撞出火花阵阵，只是这火花落在不同人的心里自有不同的滋味。宿舍里的兄弟们都帮他出谋划策，撺掇他早点挑明，可能日复一日的平淡实在提不起大家的胃口，他们需要一个爆发的契机，不管在自己还是别人身上。当然，除了李文，他没有办法去撺掇洛云，有过几次和小艾擦肩而过的机会，也仅仅擦肩而过了，他不知道自己公开表示爱意的结果会怎样，洛云正挡在他的身前，有些事情无法想象。

过几天就是洛云的生日了，大家都叫嚣着要他大放血，好好请大家一顿。按照惯例，大家会在食堂里炒桌小菜，来点啤酒庆祝一下，但是洛云觉得这样太无趣了，后来他想了个主意，以班级活动名义组织大家夜游老山景区，他出烧烤的费用，其他费用从班费里出。烧烤、夜游、帐篷、通宵这几个元素搭在一起，新鲜而有小小的刺激，美丽的夜晚总归会有美丽的事情发生，这让大家兴致高涨，一致同意在洛云生日那周来落实。

天公作美，这周六正是个大晴天，下午四点，大家乘着租来的大巴出发了。周五下午洛云拉着李文翘课半天，去数十里之外的家乐福买了八大包烧烤食材和小吃饮料，其实晚上也可以去的，但洛云说晚上超市人太多，而且这么好的翘课理由不用太对不起自己了。

因为租的是公交车，座位明显不足，于是女生坐、男生站，一路颠簸了两个多小时，但大家依然精神抖擞，兴致盎然。洛云充分展示了他优秀的组织和主持能力，先暖场讲了几个笑话逗得大家东倒西歪——当然也可能是路途颠簸的原因——然后指挥能唱歌的唱歌，不能唱的说笑话，不会说笑话的说冷笑话，再不行的就讲真心话，就这样指挥着一车子的欢声笑语，在天黑之前到达景区。

太阳已经落下去了，但余温犹在，枝头水边还有残影荡漾，路边成排的梧桐黄叶萧瑟，落木萧萧而下，地上已然一层，在大伙的纷飞脚步中扬起、溅落、踩下、成泥。游人几乎都散了，这群人的欢笑更加肆无忌惮，归宿的鸟儿从林中惊起，啾啾而鸣。他们路过一处清澈的湖泊。这里游人可以花二十元钱租借到规模不等的木筏，可以想象白日此处的热闹喧嚣，游人会在木筏上用长篙互相击水，愉悦的惊呼声此起彼伏，不时有扑通的落水声，接着是哈哈的笑骂。人们生产快乐，消费快乐，自产自销，不亦乐乎！而现在，湖水在昏黑中没有了白日的清丽与躁动，反而有种波澜不惊的从容，湖的四周栽着一圈杨柳，柳枝垂到水面上，春日里的碧影已经剥落，不复是夕阳里的新娘了，但若说是残花败柳却也言之过早。风吹起，依然风姿绰约，只是老境徐来，要靠黑夜来遮瑕。此时，如果站在湖边矮矮的山丘上，就会看到晚风中的湖面自有一番别样的情致，如同一双退去灵动、回归沉静的黑瞳，眼影处还留有天际天光泄露的古铜色，风吹起，人未动，这双眼睛的主人，恰似斯人独憔悴。

山丘上种满了冬青、矮松，在这个时节依然显出深墨的绿，其中有几株枫树簇拥成片，依靠着仅剩的光亮，绽放着耀眼的红。这红不似湖面那若隐若现的古铜，而是暗夜中的血脉贲张，沉静中有绝大的力量，风吹过，单薄的红色晃动摇曳，竟奏出最不屈的沙沙音符，而这些，是在湖边嬉闹的他们所无法领略的啊。

眼见着天黑，景区内没有亮灯，他们赶往烧烤场地，是一片巨大的草坪，那里可以租到烧烤的器具，还有各式的野营帐篷。除了他们，已经没有其他游客了，洛云租了三个烧烤台，买了大包的木炭，还有刷子、油和铁扦，再租了一个最大的可以容纳三十人以上的帐篷，当然是三十人站立才能容纳下，不过如此良辰美景，大家都没打算在帐篷里度过。

炭火很快旺了，二十多号人自由组合分成三拨，拿着各种食物有模有样地烧烤起来。有意无意中，洛云宿舍和小艾的宿舍分在一起。洛云组织男生站在迎风的方位，将买来的羊肉、牛肉、里脊肉、鸡腿、鸡翅、鸡肫、鹌鹑蛋、鳊鱼、土豆片用铁扦串好，交给女生。她们负责刷油，然后一个个放到炭火上方的铁架上，不时地翻转撒上孜然、辣椒粉。很快第一波羊肉串就有油吱吱渗出、滴落，火和香气都一下子腾了起来，烟往男生方向吹去，这倒没什么，扭个头就过去了。

过了一会儿，洛云说“熟了吧”，女生一致要求再烤一会儿保险，除了暗红的炭火，没有其他照明，所以只能靠香气来判断。直到有一丝焦味传出，洛云才迅速抬起铁扦，分发给大家，果然，有点焦了，但大家都饿了，食材一下子就全没了，于是下一波的食物上台，继续。刚开始的几波消灭得很快，慢慢的大家主要是聊天嬉笑，顺便烧烤，食物都烤焦了才被发现，在洛云的提议下，大家猜拳，谁输了谁吃，于是大家一下子情绪高涨，兴致盎然。有几次小艾输了，洛云就抢过来吃了下去，大家也就笑骂开来，洛云照单全收。李文看见小艾的脸颊有点泛红，不知道是不是篝火的映照，他心底里蛮不是滋味，似乎有点希望她能落落大方地拒绝洛云的好意，不过她怎么能吃那么焦的东西呢，如果她拒绝了，他一定会抢过来吃的，不过倘若她也还是拒绝，那又该如何呢？

到最后，大家想着法子烧烤各种不同的东西，有带来的苹果、香蕉，超市买的水果沙拉，还有人用纸杯盛了一杯橙汁放上去，说要实验一下纸火锅的原理，大家开始在三个烧烤架边交换着位置，哪里有什么好玩的就窜到哪里。突然大宏想起了什么，将裤子上的皮带抽了出来，大伙儿正纳闷呢，他将皮带放到了烧烤架上，说道："听说红军过草地的时候吃皮带呢，正好我这个早就破烂了……"说话间，一股难闻的塑料味扑面而来，大家掩鼻四散……

终于到了烤无可烤的时候，大伙儿也渐渐消停下来。可是漫漫长夜才刚刚开始呢，于是有人提议大家可以围着帐篷跳兔子舞，男女生按个子高矮依次站好，后面人的手搭在前面人的肩上，然后随着音乐节拍边唱边跳，其实与其说是兔子舞，还不如说是僵尸舞，男生们的动作个个拙劣无比，很快大家就笑成一团，只有那歌声时断时续："春天花会开，鸟儿自由自在，我还是在等待，等待我的爱，你快回来……冬天风雪来，花儿谢了依然会开，鸟儿明年一样会回来，只有我等到双鬓斑白……”

这旋律是那么欢快，在无尽的夜空飘散开去，在这样的月夜，又是如此清晰，远处的群山仿佛也在回应，树木也在跟着起舞，湖面上的水鸟飞起盘旋，扑扑作响，这样的一幕将印在多少人的心底？若干年后当他们重回当年的地方，为什么还会有歌声在耳边回响？为什么会有眼泪在心底打转？为什么会悠悠地轻叹？啊，这是人生最美妙的时刻吧，快乐可以这么简单，生命让他们大声歌唱，他们不需要秉烛夜游，他们每个人心里的光辉照亮四方。

不知道转了多少圈，大家都累了，坐在了草地上，女生们三五成群地围坐在一起窃窃私语，不时有银铃般的笑声传来。洛云索性躺了下去，嘴上还故意叼了根草根。李文则找了个人少的地方，夜深了，有点冷了，他双手抱膝，仰望天空。

今晚的月亮真是明亮呢，一轮清辉洒在天地山川之间，他就和它这样对视着，李文想这世界该有多少人和它对视过？它月圆月缺从未改变，而望着它的人却又到哪里了呢？秦时明月汉时关，这轮清辉下的大地已经是沧海桑田，而渺小如他者更将随风而逝，不复存在。它照进过多少人的梦中，写进过多少人的诗中，但从未为谁而偷换流年，它冷冷注视所有的悲欢离合，而人类只能选择仰视与悲叹，这就是瞬间之于永恒的必然命运吧。

但是，李文想自己看到的就是真实的月亮吗？自己感受到的就是必然的存在吗？如果他闭上眼睛，再多的清辉也无法照耀他的心田；如果他打开心扉，他可以在月光下翩翩飞翔。就是这同一轮月亮，在自己和洛云看来也是完全不一样的吧，在后羿和八戒看来也是完全不同的呀，它不也和自己互相对视吗？它选择亘古的不变，莫不也是最大的无奈？如果天地有情，也会衰老消亡吧，而这消亡莫不就是生命最精彩的原因？自己脚下的悠悠青草，也许下一刻就会被踩断根茎，树上的片片黄叶，也许在下一秒就随风而落，而它们难道就是随遇而安？地上的蝼蚁尚且偷生，人类的悲苦愤懑难道无不体现了生命的脉搏？而这，不正是这一轮明月所难以赋予与拥有的吗？

月色愈加浓厚，天地万物都被笼罩其中，自己的情愫是否只能向它诉说？为什么心情会随着这月色而改变？是啊，这月亮，只能被自己感知而无法被真正了解，但它却可以包容一切，所有的虫蚁走兽，无论高贵低贱，在它面前不都是平等的吗？又有谁能够多得到半点的清辉？洒在诗人或屠夫的床头，落在国王与乞丐的肩上，难道不都是一样的吗？它的不曾改变，难道不就是最大的慈悲吗？它的无情，难道不就是最大的深情吗？它太爱这个世界了，以至于封闭自己的耳朵和嘴巴，只用自己的眼睛关怀大地与时空。李文的心境突然有一种从未有过的平静，他想现在最美的地方是那湖边的山丘上吧，一切水印一月，一月印一切水。而渐渐的，耳边又传来了同学们熟悉的欢笑声。

有人提议去夜爬长城，这个所谓的长城建在景区四边的小山丘上，但也蜿蜒绵长有数公里。月夜登高！一下子得到了许多人的应和，但是也有人更愿意在帐篷里就着应急灯打牌，于是乎，大家就各行其道，十几个男生和五六个女生决定去登高一览。

李文高兴地发现小艾她们也在这队伍中。在月光下他们沿着一条小路蜿蜒而上，刚开始的时候大家走在一起，慢慢随着路线的拉长，开始三三两两的成群结伴。李文、洛云和小艾、琴琴又走到了一起，不知道是巧合还是故意，为了照顾两个女生，他们走在了队伍的最末端。琴琴今天穿了一件明黄的毛衣，是月光下最活跃的颜色，这不，她又走在了洛云身边。

“帅哥，今天有什么生日感想？”

“你若不说，我都忘了今天是我在过生日了。”洛云回过头看了一眼，小艾和李文跟在他们身后，脚步慢了下来。

“我真受不了你们男生，走路速度还比不上我们呢！我们来比比谁先爬到山顶吧。”琴琴似乎跃跃欲试。

“幼稚，我还不是为了将就你才慢点走，要不我早就第一了。”

“是吗？真的是将就我吗？”琴琴小声地问。

洛云别过头，正看见那双大大的晶莹美丽的眼睛正望着他呢，月光下，那身明黄也朦胧起来，温暖而可爱，洛云有点愣神，说：“做梦吧！”

“你太过分了啊，张洛云！”琴琴撅起嘴，挥手对着他的肩膀就是一拳，洛云忍不住夸张地大叫一声：“疼死了！”

这声音居然四处回荡起来，远处传来了其他人的大笑声。琴琴的脸一下子红了，又补上了一拳，娇嗔道：“要死啊，你！”洛云没有闪避，反而回头大声说：“小艾，你来管管你的好姐妹呢！”

“你自己做的好事自己负责！”小艾远远笑道。

她和李文又走在了一起，这是一种不自觉还是巧合？她自己也说不清楚，她不是个爱动的人，但也在琴琴的撺掇下一起爬山，可是她知道自己是个表面随和内心固执的女生，可能也是自己想尝试一下吧。路边树叶和泥土的芬芳让她觉得很舒服，秋虫在高声鸣唱，这是蝈蝈吗？夜已经渐渐凉了，它们的叫声却没有停歇，似乎想在这清秋夜里唱完生命的最后一章。她对于生命，总有某种程度的悲伤，她不明白人为什么要来到这个世界，是来受苦的吗？小时候母亲独自一人承担家计的辛劳让她心疼，而初中时候外婆承受病痛的折磨更是让她难受。虽然在母亲的努力下，家里承包了小超市，还开了彩票站，日子要好很多了。但是每次看到母亲日益苍老的脸庞，她总是忍不住有这样的念头，倘若要是没有自己，没有了唯一的牵挂，母亲是否能够活下去，难道活着就是为了别人去忍受痛苦吗？这样的月夜适合一个人沉思，也适合两个人的散步，两个人？身边的这位不知道算不算呢？

李文又何尝不是也在胡思乱想呢，混沌得厉害，良久，他觉得无论如何也要开口说话了："小艾，你喜欢这里吗？"

这问题实在有点突兀，他是问喜欢这个景点还是喜欢此时此刻的这里？小艾心想，但还是回答说："喜欢啊，风景很美。"

"可是现在天黑了看不到风景了啊！"李文下意识地

说道。

“这月色才是最美的景色呢，而且你可以用心，而不仅仅是用眼睛去感受。”

“你觉得在哪儿月色都是一样美丽吗？”

“不，当然要看在哪儿，和谁在一起。”说完之后，小艾突然觉得好像中了语言的圈套，刚刚自己还说今晚的风景很美，转过头又说要看和谁在一起，这其中的意思也太明显了吧。

李文也没有说话，他正在心底琢磨刚才小艾说的这句话，心底里充满了未知的甜蜜，用心去感受？他分明听到了两颗心跳动的声音。

前面的路突然渐渐陡峭了起来，两人很快走到一个陡坡前，李文先跨了上去，接着把手伸给了小艾，心中念头有如电闪，小艾似乎没有任何想法，毫不犹豫地递上左手，一拉而上。在拉着她的一瞬间，他的心有如电击，这手是如此冰凉，让他忍不住想要吹气呵护，而小艾呢，觉得这个男生的手上怎么会有汗水？是热吗，还是紧张？

只可惜，他们又迅速、自然地松开了对方。

随着山路坡度越来越大，两人的速度也慢了下来，李文的心还沉浸在那片冰凉如玉中，他一遍遍地回忆刚才那一幕，倘若他没有松手，是不是现在还一直牵着呢？而这样的机会还会来临吗？下次他会拉住不放吗？

可是这样的坡度再没有出现，路的尽头是一级级阶梯，这就是所谓长城的开始。他们并肩拾级而上，互相说着轻松的话题，夜风阵阵，小艾不禁双手抱胸，李文鼓足勇气脱下身上的外套，想给小艾披上，小艾说："没事，还不是很冷。"见他有点尴尬地站在那里，犹豫着是该缩手还是坚持，就拿过这件黑色外套披在肩上，笑着说："穿着很丑呢。"

两人就这样说说笑笑往上走去，李文的心暖暖的，风拂过脸庞，风越冷他越觉得自己做了件有意义的事。大概走了很久，突然听到远方传来一声欢呼，原来是有人到顶了，他们加快脚步，十多分钟后，果然看到前方的烽火台上有人影晃动。

这里就是整个小山丘的最高峰了，从这里看去，月色漫漫铺张开去，沉默的群山与大地上覆上了薄薄的银灰，它们臣服于这种覆水难收般的降伏与安宁，暂时摈住生机盎然的气息，愿意成为这夜光下的一道暗影、一片蓝山、一个千百年不易的符号。人们轻佻的灵魂在浅蓝色的薄雾深处开始试探、跳舞、戏谑，那一声声鸟叫正是他们吵醒了观众的杰作，是的，在这个暗夜统治的国度里，观众却是羞涩与沉默的，露珠是它们的双眸，结晶与消逝是每夜的功课，它们鲜亮的羽翼收藏起完美的弧度，安心做一个落脚入定的僧侣。

这里能望见他们露营的草地和帐篷的一角，仿佛有依稀的欢笑声传来，于是他们也忍不住大声呼喊："啊……哎……喂……"这声音在寂静的夜里四处回荡，夜风使劲地吹在每个人的脸上、胸前，他们更加兴致高涨，有人爬上了烽火台的墙头，大声呼喊："喂，我们在这呢，在这呢……"这时候，帐篷那边传来了阵阵回应声，大家更加高兴，迎着月光，又是一轮拼命地呼喊。许久许久，大家都有点累了，开始感受到了寒意的逼近，有的女孩已经开始瑟瑟发抖，大家于是兴尽而归。

回去路上的队列距离靠得很近，大概是兴奋之后的孤独吧，需要抱团才能取暖。开始没有人说话，大家就这样默默地走着，树林中不时传来鸟的怪叫声，月色已经渐渐稀薄，这让大伙儿加快了脚步，突然，大宏开始吼起了黑豹的《无地自容》："人潮人海中，有你有我，相遇相识相互琢磨，人潮人海中，是你是我，装作正派面带笑容……不再相信，相信什么道理，人们已是如此冷漠，不再回忆，回忆什么过去，现在不是从前的我，曾感到过寂寞，也曾被人冷落，却从未有感觉，我无地自容……”他的声音如此响亮，有鸟儿从林中飞出，扑扑作响，大家都哈哈大笑，然后一齐唱了起来，就这样一首歌接一首歌，激情又回到了这群年轻人的心中，很快就要回到露营地了。

突然，李文听到“啊！”一声，心整个揪了起来，他看见前面的小艾好像重重崴了一下，正痛苦地蹲在地上。大家都焦急地围了过去，过了一会儿，小艾还是没有站起来，大宏说：“咱们先把小艾背回帐篷吧，到那再看看。”“小艾，我来背你！”洛云说着就蹲了下去，小艾嘴里说着没事，站了起来，试着走了两步，又疼得蹲了下去，洛云再次在小艾前面蹲下，这回她没有拒绝，大伙儿围着他们慢慢向营地走去。

洛云走得很稳，他感受到了背上和手掌的温度，这让他心脏的跳动不争气地加快速度，心中有说不出的滋味。而他身后的李文，心中也有难以言状的感受，但绝对是懊恼居多，他看到小艾在被洛云背上的一瞬间转过头看了他一眼，因为疼得厉害，眼中缀满了泪水，似乎也透出小小的埋怨与不满，她或许是在埋怨自己的懦弱，为什么不站出来说由他来背？自己这是怎么了？为什么刚才不站出来呢？

这有什么难的吗?

等到了露营的帐篷，洛云把小艾放下，过了很久，小艾的脚踝能动了，看来应该没什么大碍，大家这才放下心来，继续打牌的打牌、聊天的聊天、睡觉的睡觉。

已经下半夜了，大家都有点倦怠，一直在草坪上聊天嬉戏的人也陆续回到了帐篷，只见老邱拿出带来的吉他，走出帐篷，盘腿坐下，弹唱起沈庆的《青春》:

青春的花开花谢让我疲惫却不后悔，
四季的雨飞雪飞让我心醉却不堪憔悴。
轻轻的风轻轻的梦轻轻的晨晨昏昏，
淡淡的云淡淡的泪淡淡的年年岁岁。

带着点流浪的喜悦我就这样一去不回，
没有谁暗示年少的我那想家的苦涩滋味。
每一片金黄的落霞我都想去紧紧依偎，
每一颗透明的露珠洗去我沉淀的伤悲。

在那悠远的春色里我遇到了盛开的她，
洋溢着炫目的光华像一个美丽童话。

允许我为你高歌吧以后夜夜我不能入睡，
允许我为你哭泣吧在眼泪里我能自由地飞。

梦里的天空很大我就躺在你睫毛下，
梦里的日子很多我却开始想要回家。
在那片青色的山坡我要埋下我所有的歌，
等待着终于有一天它们在世间传说。

青春的花开花谢让我疲惫却不后悔，
四季的雨飞雪飞让我心醉却不堪憔悴。
纠缠的云纠缠的泪纠缠的晨晨昏昏，
流逝的风流逝的梦流逝的年年岁岁。

5

也许这次夜游只是场梦吧，这梦分散在好多人的心中，演绎出不同的版本，也许在若干年后还会在偶然的时刻午夜梦回，但至少现在，大家都还来不及细细回味。因为两个月后，期末考试就要到了。

首先，翘课的人渐渐少了，同学们开始缠着老师画重点。然后，晚上自习教室的位置慢慢紧张了，有的人一下课就把书包放进座位的抽屉。大部分人会拿一个练习册作为占位的工具，还有人在封面上写着四个大字："占座专用"。这个招数在还剩一个月考试的时候就会失效，大家都不买这薄薄的小本子的账，很多人拿了直接扔掉，毁尸灭迹，死无对证。这时候最管用的还是装了满满一包没用书籍的书包，体积太大，没人敢轻举妄动。

李文曾经吃过这方面的亏，他的一个占位专用本就曾经被抛弃，于是他就放了本自己买的康德的《纯粹理性批判》，他觉得这么深奥的书估计没人会要，结果当天晚上他去自习教室的时候就不见了，他在心疼的同时，只好以吾道不孤的话来聊以自慰。

洛云每天晚上很早就会去自习教室，他自告奋勇帮小艾，顺便帮琴琴占好座位。每次他问李文去不去，李文都说自己喜欢在宿舍里面复习，他还是忘不了那晚的一瞥，不知道怎么面对。于是整个晚上，宿舍里就剩下他和老邱，往日楼道里的喧嚣不见了，倒也适合看书迎考。

老邱也在看书，李文看他一边听歌，一边捧着厚厚的一本盗版《金庸全集》，不禁问道："老邱，太弱了吧，金庸你不会以前没看过吧？"

"丢，当然看过，都三四遍了。"老邱摘下耳机。

"那你干吗还看？知道了结果，还有什么意思？"

"无聊呗，我就喜欢知道结果的故事，每个情节都从记忆中隐现，又都被我牢牢掌握。"

"果然无聊！你看的最多是哪部？"

"《神雕侠侣》，这是第五遍了。"

"那你在金庸作品里最喜欢小龙女了？"

"不是，我喜欢程灵素，喜欢她的眼睛。"

两人聊了几句后开始转聊古龙，之后是梁羽生、温瑞安，还有最新的黄易。这时候两人都觉得，此时此刻，没有瓜子实在是人生一大恨事，于是相约同去，走上二十分钟，只为了三两瓜子，实在是人生一大乐事。

两人返回宿舍，一边嗑着瓜子，一边趿着拖鞋，悠悠然的时候，晚自习结束的铃声也响了，成群的学生从教学楼内拥出，整个学校顿时热闹起来。李文望着擦肩而过的人群，突然有点惴惴不安起来，会不会碰到她呢？如果碰到怎么打招呼？她看到自己这样吊儿郎当地拎着袋瓜子的样子又会怎么想？还是不要看到吧，但心中怎么还是有点期待那个身影？

世界上哪有那么多偶遇？两人一路平淡无奇地回到寝室，自习的人已经都回来了，洛云看到他俩，说："我这有标准的上课笔记，要不要？"老邱说："丢，当然，拿来看看。"洛云从书包里拿出了一叠厚厚的复印纸，炫耀着说："小艾的，记得可详细了，各科目我都借来了，算造福大家了。"果然，大伙儿都表示要参考参考，李文说也要一份，洛云马上打发经济去打印室拷贝十份，经济自己也想要，屁颠屁颠地去了。

双手捧着还带着油墨温度的一叠厚厚的笔记，李文的心颤动了，好娟秀的字体啊，把枯燥的内容变成了赏心悦目的艺术品，而这字，不正来自于那双修长洁白的手吗？而这手，自己也曾经牵过，如今这双手的主人已经把自己忘记了吧。李文一页页地翻看，心中甜蜜与苦涩混杂在一起，他想一定要把这叠资料好好保存，因为来自于她，也许是唯一可以寄托他念想的东西了。

复习的时光是枯燥与乏味的，等到老邱也终于想起要看书的时候，已经只剩下一周了。随后是大家通宵达旦的复习，教学楼里也开放了二十四小时不熄灯的教室，里面也都坐满了人，不是说大家有多用功，而是平时太不用功，要想在几周时间内将一个学年的书读完，实在需要莫大的毅力和勇气，但现在赶鸭子上架也要读完，至于考得好不好那就要看造化了。

造化总是弄人，特别是对没有准备好的人而言，这就是后话了。在经过了一个星期的痛苦煎熬后，大家总算来了个大释放，老邱将他最痛恨的高数教材从宿舍窗口扔了出去，这带来了一堆书的跟风，真是漫天诗书喜欲狂啊，经济突然冷冷地说："老邱，万一要补考没书怎么办？""丢你老母！"这句话换来了老邱的一顿暴打。

考完试后第二天，大家都收拾东西各回各家，洛云说他约了小艾、琴琴他们打算留几天看一下有没有家教或实习的机会，问李文来不来。李文犹豫了一下，说自己还是想马上回老家，都快有两年了，去年因为要家教，所以没有回去。回家啊，回家，田园将芜胡不归？家中的父母老人，还有可爱的弟弟，都期盼着自己回家呢。家，虽然蜗居蔽塞，但那是家啊，多么温暖心田的名字，而老家的那份朴实与简单，又给予了他最大的营养。

大雨滂沱，一片昏黄掩映在窗户，模糊而清冷，已经是午夜时分了。新年最后一趟爆竹在这样的夜里绽放，声音混沌而悠远。远处的湖面上停放着一艘工程船，船上有一盏孤灯恒久地亮着，大功率的灯光穿透了重重迷雾，在水面上打出长长的一道澄黄。有光的地方，就有了雨水的落脚，就照见了鱼的思念，就听到了风的喟叹，那噼噼啪啪的雨打芭蕉声就从湖边的每一个角落汇集到这里，波光粼粼，一唱三叹，隔绝了城市的尘世，回到远久的前生后世。原来，每一座城市都有自己的童年，中年与暮年。这一道昏黄的光，是照亮屏幕的那道光影，让这个城市都哀伤与美丽起来。

这就是这个元宵节的月亮，属于湖面，属于每一个来来往往的旅人，当然，也属于他，李文。因为他此时此刻正躺在家里的床上，那湖与灯，来自于他的臆想。

就在几个小时前，县城街道上的一切还是车如流水马如龙，他想到了辛弃疾的《青玉案》，多么优美与清越的感觉，在这一切华丽的里面。当时礼花如梨花盛开，点亮这个夜晚，但旋即凋零，这样的点亮，不同于他的湖面的那道光，那道光有一种直射本质的力量，苍凉而哀愁，但让他无比着迷。所以他要让整个城市都被它击穿，都要迎合它，朝奉它，沿着这道光回归历史的源头，将湖面的镜像击碎，向今天与未来抛投，映射出最干净的本来面目，无视与忘记湖底的污泥和湖上的大雨如注。

这道光，本身却没有任何本质的东西，也不产生任何本质的玩意，它试图照亮事物的本身，却只存在于他的湖中，它不是内容，而是形式，形式决定了它的内容而不是相反，这道光就是这么霸道，没有任何一个黑洞可以吸收它的光亮，他就是这个世界的国王。这湖面这雨水，它们的存在，也不是因为氢与氧元素的排列组合，而因为大自然赋予李文脑中的结构与形式。如一副精致的锁子甲，将世界和我们本身深深扣住。

他对于生命的宏大记述与命题没有太大的兴趣，他更喜欢品尝生活中点滴的甘甜与酸楚，他曾经以为那才是生命本身的意义，后来发现自己正在给自己出问答题，这绝对是个危险的倾向。他儿时的固执隐隐约约在浮现，他开始变得多愁善感，当他用一双湿润的眼睛去看这个世界的时候，世界给他展示了残忍的温暖。譬如此刻，他正在家中那小小的床上，家的感觉却慢慢淡去，他有一种难以言说的孤独，这种孤独本不应存在，这是他的家啊，但是，再温暖的被窝也无法融化他的心了，他的心慢慢飘向了远方。

远方在哪里？一直延伸到言语到达不了的边缘，有一种无法言说的快乐，而那里，只有至为纯粹的思想才可以到达，但也无法言说。只有诗人的眼睛才能够捕捉得到，它藏在李商隐的诗里，需要在最浓的情思里找寻那一缕纯思。在那里，巨大的磁场使逻辑这枚指南针失去了效力，偏执于理性的人就会固步自封、寸步难行，磁场也使得时光产生了扭曲，能够把最本源的晶石暴露于地表，但只是一瞬，顷刻间尘埃就将它覆盖，结成厚厚的痂，第一次是惊鸿一瞥，下一次的撕裂就是刻骨铭心。

家就是他的痂，是纯思到过又留下的残骸，他一遍遍揭开这样的伤疤，这已经成了他窥探纯思的路径。每当尘世的灰尘轻轻覆盖它的表面，他就会忘却来时的路，故乡就是异乡，思念无所记挂，他就成了这个城市的幽灵，在雨夜寻找远方她的残影，大雨让她的背影渐渐萧瑟，这是那灯火阑珊处，她为什么迟迟不回首？

他在这个时候能够做什么呢？是否就是默默地在城市的星光下等待，等待微风轻盈地吹过她的发梢，等待那可能或不可能的回头，等待那淡淡的乡愁的微笑，等待暗夜里潜伏的逝去的鬼魂，来诉说他们的故事？每一座城市都有无数的故事与传说，在最古老的城墙脚下，挖一个深坑，将他们统统活埋，若干年后，那里就会长出一棵硕大的银杏树，树叶婆娑，沙沙作响，有人看见每一个满月的夜里，都有一位银色头发的老婆婆在树下自言自语，她就是掌握秘密的巫师，如果减寿十年来换这些秘密，你换不换？银色的月光洒满整座城市，每一个细节都纤细可见，每一片树叶的脉络走向都是那么清晰，都在月光下跳舞，都有着自己的快乐，在不为人知的时刻。最快乐的时候是不是最幸福？是不是和她一起的快乐就意味着可以长相厮守，是不是她和他在一起是最快乐的时候，如果不是，那么有没有等待的必要？该在什么时候在一起，又该在什么时候分开，这样的问题让他有点疑惑，只能等待，再等待，如同那老婆婆等待每一个月圆的喃喃自语。

古印第安人有这么一个神话，太阳和月亮住在同一棵树的两侧，有一天他们分别去寻找自己的伴侣，月亮找到了一个美丽的人类妻子，而太阳发现每次人类看到他的时候，都会眯上眼，皱起眉，只有那水中的青蛙姑娘睁大双眼看着他，所以他娶了那只青蛙。当然故事的结局不那么美妙，太阳后来发现人类姑娘既美丽又贤惠，不久还怀孕了，他的青蛙则又丑又脏，青蛙姑娘受到了冷落，最后将人类姑娘杀死，最后的最后，月亮与人类的孩子复仇成功。光亮如太阳者，也会遮蔽真理的慧见，有时候皱眉不代表不喜欢，而是不愿意直视对方，承受不了瞬间的光芒和那满眼金星。在这月光舞台上，真，不是扫除遮蔽，或许是回归遮蔽本身。

回归是一件痛苦的事情，犹如对于故乡的怀疑与对于不存在的思念，他觉得世界上或许有一种办法去面对，那就是醉生梦死。李白的兰舟还在不远处摇荡，比湖上的那艘工程船要可爱太多，五花马，千金裘，呼儿将出换美酒，与尔同销万古愁。肆意地挥霍着酒精和才情，这就是盛唐的气息，李白的一个酒嗝穿越了千年，滋润了后世，人们只能拾其牙慧，因为那个时代，那个时代的结构与本质，已经湮灭。桂棹兮兰桨，思美人兮天一方，还能够让人安心醉生梦死的时代就是所谓的盛世，看那些魏晋的才子们只能用放浪形骸来刻画伤悲，缅怀苦痛，人生在世，譬如烟云，有如梦幻泡影，如梦亦如幻，如露亦如电，却当不得如是观。他觉得他湖面那一束人造光电，虽然没有月光的温柔博大，也不似那一点烛光激起心中最柔软的情怀，它短暂而无趣，但那毕竟是属于他的呀，他要用它来照亮回家的路。他明白，所谓的凌波微步、御风而行、羽化成仙都与他绝缘，既然鸡犬都能升天，得道又有何意义？

他知道回家的艰难跋涉，不是所有人都有苏东坡芒鞋足杖轻胜马，一蓑烟雨任平生的洒脱与诗心，有时候人们恰恰用美丽的诗歌和酒来遮蔽世界本真的面目，而这不是他想要的，他的梦想不在故乡，所以注定他的心要不停流浪，走在龟裂的土地上，用生命体验远古的卜算，阳伞与缝纫机在手术台上不期而遇，生活还要继续。

很快就到了快要回校的日子，今天还是情人节呢，李文想，自己的情人又在哪呢？这让他有点心疼，决定去网吧上上网，或许能够碰到她呢，当然只是或许。

网吧里没有多少人，大概没有人会选择在这里约会吧，他找了一个靠窗的座位坐下，开机，打开QQ，她的头像是灰色的，不在线，心中有点失落。正要关掉程序，突然心血来潮打开和她的对话框，发了一束玫瑰的图案过去，这算是送花吗？他心中有点期待和苦涩，突然灰色的头像闪动起来，李文打开，只见对话框里用玫红色字体打着："这算是送花吗？"

李文的心颤抖了，连忙打字："是啊，不知道你喜不喜欢？"

"喜欢啊，可惜不是真的，呵呵，开玩笑的，我要休息啦，谢谢你啊，拜拜！"说完，那个可爱的头像不再闪动，空留李文在几千公里之外发呆。

她像个精灵，来得太快，走得更快，自己还来不及抓住就无影无踪。正恍惚着，发现另外一个熟悉的头像在闪动，是洛云，他问："你啥时候来的？"

"来了一会儿了，我要先下了，学校见！"

同样是来去匆匆，啊，原来他们都同时在线啊……

6

寒假结束，大家如候鸟一般准时飞回了校园，日子还有条不紊地前行，但是细心的学生会发现一切都有了些许的变化。这个变化犹如初春的青草一般，刚开始难以察觉，草色遥看近却无，但这绿意却在大地之上蠢蠢欲动，成长蔓延，难以自抑，等到一场春雨之后，才会惊觉这绿意浩浩荡荡，已成燎原之势。就如现在，出去通宵游戏的人渐渐少了，翘课的人也不多了，大部分人把桌底偷看的小说换成了英语的红宝书，现实流露出坚实的一面，让人不得不正视。另外，谈恋爱也呈上升趋势，大概大学时光已过了一半，该有的矜持已经日益淡薄下来。如果大学时代，在这说不上宜人但绝对天然的校园内，居然没有触碰过一次爱情，该是多么失败的事情啊！宿舍里天天放着张楚的《孤独的人是可耻的》，空气中满是荷尔蒙的味道，大家都忙着去追寻自己的灰姑娘。

在这种情况下，大家好像比以前还要繁忙，越来越难聚在一起了，大都只有在熄灯之前才能碰个面，有的连熄灯也不见人影。这天下午，洛云惊奇地发现居然大部分人都待在宿舍，或者还没来得及出去。他于是串联了一下，大家寻思着好久没有一起打篮球了，都有点老胳膊老腿了，又有人开始吹嘘自己球技如何厉害，过人如草芥，这自然引来一番声讨和更大的牛皮，于是有人开始寻找遥远的记忆，说当时怎么怎么打的，对方怎么怎么不堪一击，总之一下子群情激荡，被撩拨得不行，好像不去打球就是弱人。洛云提议既然大家兴致这么高昂，何不趁势灭了金融系那帮矬人，上次不小心被他们阴输了一个球，这次正是一雪前耻，宜将剩勇追穷寇的大好机会！这一下更是火上浇油，马上有人电话到那边宿舍，正好他们下午也没课，于是互相撂下大话，要球场上见真章。

男生打球很大的激情来源于女生的关注，于是马上有人通知班上的女生，定性为关系到系里生死存亡的一件大事，至少生死事小、面子事大，女生一定要来捧场！终于在软硬兼施的手段，许愿求情的哀求下，女生们也同意去观摩这场比赛，顺便看看别系的帅哥。

大家开始翻箱倒柜的找球衣，有的已经扔在角落里发霉了，照样抖抖套上，呼啸下楼。洛云是业余球员的水平，专业球员的装备，专业球服、球袜、球鞋，还有一条黄色头箍，一个都不能少。他说自己非职业球员还有职业病，就是半月板在飞奔的时候会疼，所以自己至多只能打大半场好球，不过对付金融系那帮人是绰绰有余了。

没有裁判员的一声哨响，比赛也开始了。洛云是小前锋，李文是后卫，他们都发现施施然前来的女生中有那个熟悉的身影，更是心中激情澎湃，定要神勇发挥，赢取佳人的青睐！于是上来在洛云的带动下就是一阵猛攻，可惜欲速不达，被对方连连断球快攻，但是大家都认为这全是明显打手犯规，可是又没有裁判，只能在吵了半天后作罢。之后大家都有点急了，双方动作都有点大，直杀得场上人仰马翻，打铁声不断。

半场之后，大伙都冷静下来，比分也交替上升，这时候，场外的一个女生喊道："还有一分钟了！"他们还落后两分，李文底线拿球，看见对方篮下一个偌大的空当，刷一个长传，大叫一声"洛云！"洛云闪到空当处，刚接到了球，对方两人已如大鸟般飞扑过来，他心中只有一个念头，没有躲闪，起跳，出手，球从对方张开的指尖掠过，接着就是巨大的"砰"一声，三人狠狠撞到了一起，洛云眼前一黑，"球进了！球进了！"他好像听到男生和女生的欢呼以及尖叫声，觉得身体轻飘飘往后摔落，仿佛是秋天里被击打而落的最后一片黄叶，世界都在围着他而舞动，他努力睁开眼，想要看清楚落叶飘舞的方向，却看到被阳光烤得炙热的水泥地面边缘那黏湿的柏油界线，他心里也黏糊糊的，觉得有一条条细长的小蛇在脸颊上游动，却陡然有了一种轻松的感觉，哦，滑落了，而这正是他短暂失去知觉前的最后一个念想了。

大家哗一下子围了过去。见洛云一动不动躺在水泥地上，都慌了，大声喊他的名字，女生有的都吓哭了，有男生已经开始打电话叫救护车了，时间滴答滴答也不知道过了多久，在这六神无主的当口，洛云突然发出了一声痛苦的呻吟，张开了眼睛，混沌而茫然地看着围着的人问道："球进了吧？"大家都松了一口气，将他搀扶起来，洛云觉得胸口一阵气短，有点喘不过气来，被大家扶着走了几步，肚子突然痛了起来，额头有密密的汗渗出。大家一看又慌了，李文和大宏忙架着他走到校门口，打了个车往医院赶去。

挂了急诊，一检查，居然是急性阑尾炎，马上就推进手术室。虽然是个小手术，但陆续赶到的同学都吓傻了，大概这是第一次身边有人在自己眼皮底下被推进手术室，虽然他很快就被推了出来，还报以大家一个灿烂的微笑，但眉宇间还是能看到疼痛的痕迹，毕竟身上多了根管子，这个光想起来就够难过的呢。

虽然手术成功，但洛云还要待在医院里等待恢复。同学们都要回去上课，这就有点百无聊赖了。好在大家都不时一拨拨来看他，其中也有自己特别在意的那个身影，所以日常生活就变成了等待，再等待。

这天傍晚，洛云在病房里看着窗外，他的病房在十八层楼，大家有一次和他开玩笑说他现在算住进了十八层地狱，突然发现周围病友的脸上都不大自然，这才知道说了忌讳的话了。是啊，他们这群年轻人只知道生命的活力与坚韧，哪里知道它的衰老与脆弱呢？从这里往外看，能够看到大半个城市，楼宇层层叠叠，铺满了天地，如同一排排多米诺骨牌，洛云突然有一种伸手推它们的冲动，浑然不觉里面还生活着自己的同类呢，是啊，同类？洛云有点哑然失笑，每个人都应当是完全不一样的，可是为什么会重复同样的故事？每一扇窗户里面的故事不都是大同小异吗？洛云看到左手边有一片密密麻麻成群的老平房，屋顶都已斑驳，窗外晾着各式的衣服，迎风飘扬，这也是生活的一种啊，人如同蝼蚁一样，不也有同样的欲望与悲伤，比如一样要为生计忙碌，比如一样要组织家庭，比如爱上同一个人……爱上同一个人？洛云脑中浮现出小艾还有李文的样子，摇摇头，该有什么办法呀？

这时窗外飞过一群信鸽，在霞光下盘旋翱翔，洛云多想像它们一样，这样的念头曾不止一次的出现，不，自己不想变成它们，它们只有表面的自由，还要被豢养，他希望的是彻底的自由，是草原上的苍鹰，或大海上的海燕，而不是弱小的白鸽，他要做的只是全身心地去追求自己所爱的，这又有什么错？难道不是造物者所赋予的权利吗？

正胡思乱想着，门被推开了，他可亲可爱的同学们簇拥而入，洛云笑道："哟，大伙儿都在嘛！"房间里其他病人恰巧都不在这里，大家开始大声说笑起来，甚至提议要打打八十分，斗地主，直到护士出现，让他们安静点，众人才觉得可以回去了。洛云把他们送到电梯口，看着电梯一层层上来，到了，门打开，洛云突然说："小艾，你能再留下来陪我一会儿吗？"

小艾犹豫了下，转过身，看着他穿着一身病号服，瘦弱的身体上还挂着一个引流瓶，就这么直直地站在那里，眼神里满是期盼，她鼻子突然有点酸，忙点头答应。她又看到那双犹疑、郁结的眼睛里马上发出真切的欢喜，不禁低下了头。

洛云说："能陪我走走吗？"小艾点了点头。两人乘着下一趟电梯，信步走到医院后面的院子里。这个院子虽然很小，倒也安排得精致，居然有点人造园林的味道。有弯曲的石子路面和人工水渠，还有一个小小的亭子建在水边，周围种上一年四季都是绿色的松树，也是相当妥当。小艾陪着洛云慢慢走着，他身上还有一股药味儿，不算高大的身体在夕阳下依然走得挺直，她问："你还好吗？"

"好像每次，你都很少主动和我说话呢。"洛云望着她，笑意淡淡。

"有吗？反正每次都是你话最多了，我都没地方插嘴。"这不像是埋怨，而有着小小的撒娇，洛云心里想道。

"小艾，你觉得我怎么样，我的意思是说，你觉得我这个人怎么样？"这句问话有点突兀，但也应景。

"嗯，你很好啊，阳光、乐观、快乐，又有能力……"

"哪方面能力？"洛云狡黠地笑了。

"讨女孩子欢心的能力。"小艾低下了头，夕阳映在她的侧面，确实美极了，洛云觉得有点眩晕和窒息。

"小艾，你知道我最大的愿望是什么吗？"

“什么？”

“我此时此刻，最大的心愿，就是带着心爱的女孩去周游世界，我们可以去世界的每一个角落，因为我们在一起！我们可以先去欧洲，那里有巴黎，有凡尔赛宫、有塞纳河、有巴黎圣母院、有香榭丽舍大街。还有伦敦，大英博物馆、泰晤士河、大本钟、威斯敏斯特教堂。然后我们去维也纳，去看多瑙河、去金色大厅。我们还要去希腊看爱琴海和雅典神庙。之后我们去西班牙看高迪，我们还要去翡冷翠，去威尼斯的圣马可广场，拿破仑说这是世上最美的广场呢。去完欧洲，我们再去非洲大草原看日出、日落，人说乞力马扎罗山的山顶常年被云雾遮住，只为有缘的人开启，我想我们一定能等到那一天。我们还要去纽约，费城，看这个世界上最强势的国家是什么样子的，我们要去看看自由女神像，有没有我想象的高大？”

小艾安静地看着洛云，那张还略显憔悴的脸上表情是那么温柔和坚定，她知道这是他在向她诉说，她该怎么办呢？难道这就是他的爱情吗？她对他，是什么样的感情？她犹豫了，迷惑了，在这生与死徘徊不定的医院中。

“小艾，你知道我在说什么吗？”

“天凉了，我送你上去吧，我也该回去了。”

洛云有点失望，但他不气馁，他似乎感觉到了身边这个女孩子的犹豫与游离，他知道幸福和自己的距离其实只有一张纸的厚度，而这张薄纸却快要让他窒息了，该怎么办呢？自己该怎么做呢？

两人走到病房门口，洛云突然打定主意，他决定不等小艾说再见转身，就抓住她的手，向她说出那三个字，然后得之我幸，不得我命！

“小艾……”洛云开口了，这时，病房的门从里面打开了，一个清秀的女孩子出现在他们面前。

“你怎么，怎么来了？”洛云有点不知所措。

“我是你女朋友啊，为什么不能来？”

“可是……你……怎么在这里？”

“我怎么了？生病了都不告诉我，还是我打电话去你们宿舍问到的，真是的！”

洛云的脸一下子红了，再回头，小艾已经走进了电梯……

7

病房里的气氛有点压抑，洛云被突如其来的变故有点弄懵了，而对面的女孩则是一脸委屈的样子，眼睛里噙满了说不出的哀怨，这让洛云满腔的怒火无处着落。他只能长叹一口气，一个字一个字慢慢地说："刘璐同学，你怎么能自称是我的女朋友呢？"

"哎哟，误了你的好事吧，我就知道这样，我乐意！"充满了醋意，不过这醋意从少女口中流露，配合这娇蛮的神态，倒也新鲜，恰似苹果醋饮料。如果从上了年纪的女士嘴里说出，那就是呛人的成年老醋了。

"可是我们已经确实不是男女朋友了呀！"

"谁说不是？大一的时候还经常给我写信、打电话，大二的时候就几乎一个月才联系一次，现在呢，我打电话都找不到你……"

“是啊，我那时候电话里都和你说清楚了，我们只是朋友。”

“朋友？朋友那么好做的吗？你说的倒是轻松快意，因为你早就另有新欢了是不是？”

“我没有，胡说！我们之间是自然而然变成这样的！”洛云有点激动。

“胡说？你说我胡说？我大老远坐火车过来，就因为听到你受伤了，你还这样说我？”女孩的眼睛已经红了。

“可是你不应该……”

“你去死吧！我再也不想见到你！”女孩回头拎起包，夺门而出！走廊上一串急促的脚步声，夹杂着哽咽，响起又消失。

洛云看床前还有个厚厚的包裹，打开一看，全是些点心、零食、水果，都是自己平时喜欢吃的。他弯下腰，忍不住要掉下眼泪，他知道自己确确实实丢失了一件美好的东西，或许是两件……

从那以后，小艾也有随着大部队来看过他，但神情都是淡淡的，冷冷的。洛云也不知道如何从头说起，有的事情越是解释就越说不清。就这样，将养了大半个月的病，一切指标正常后，洛云迫不及待地出院回校，至于医生说以后运动要注意的话也扔在脑后，这，或许就是年轻的资本吧。

回校后，找过小艾几次，小艾都说自己有其他事情委婉地拒绝了，洛云倒也没有死心，他想清者自清，而且终有一天她会明白他的。不仅是他，李文现在的日子也不是很好过，刚听到洛云这件事情的时候，他是知道洛云之前这段感情的，也知道这是个误会，但是心底里还是有点快感流露。这快感如此的微小，以至于别人无法看到，就是自己也难以察觉，但是，这快感毕竟存在，被他辨认出来了，这让李文不禁痛恨起自己来，这种小人之心居然会在自己身上出现！自己更加不能落井下石，横刀夺爱！所以反而对小艾又疏远了些，而心底里确是纠结和难受。真是个幼稚的孩子啊！其实，在他们这个年龄，爱一个人又有什么错？

洛云如一只受伤的小野兽，一边在默默舔着伤口，一边又在伺机而动。而机会在漫长的等待后，在经历了一个酷热难耐的暑假后，终于露出了它久违的笑靥，那就是一年一度，对于他们却是最后一次的迎新晚会。这次晚会的重要性是不言而喻的，特别是那些至今单身的男生们，平日里僧多粥少，狼多肉少，大家都很郁闷，而新生的到来，一边让他们感慨青春的不再，一边又让他们蠢蠢欲动。迎新生的晚会，正给他们提供了这样一个深入接触的机会，所谓天予弗取、反受其咎，明年大四，他们就不能参加这样的晚会，要忙着各奔东西了。

这样的事情，想想都让人有点伤感，所以大家都统统不去想它。洛云觉得的机会不在于此，但是也源于此，因为每年迎新晚会上，他们系都要出几个节目，作为文艺骨干的他和小艾，自然需要商量商量，合作合作，多多接触。

这不，趁着下午没课，几个人约在了教学楼前的草坪上，席地而坐，开始讨论起来，李文因为看上去文艺气息十足，也被他们拉了过来做参谋。大家说其实最简单的节目就是小艾的小提琴独奏，要不就这么定了吧？小艾听了，眉头微皱，犹豫着要不要拒绝，因为她也知道这可能是学生时代最后一次集体晚会了。正纠结时，李文说话了："我觉得这个形式稍稍单调了些，而且去年我们就出的这个节目，今年还这个有点说不过去。"小艾有点惊讶地看了他一眼，他可是很少站出来提反对意见的啊，她想到自己曾经说过很讨厌表演小提琴独奏，原来他一直都还记得啊。

洛云说："那我们组一个男生小合唱吧，女生伴舞。"

大家都觉得这个提议虽不错，但寻思着一来这个节目形式也太普通，二来就班上那几个男生的破嗓子，有点不靠谱。

洛云想了想说："我有个建议，合唱就由小艾来领唱，至于形式方面，如果大家觉得不够新鲜，我们就自己作词作曲，这个绝对有噱头。曲我会作，至于词，那就老邱吧，他以前是学语言的，这还不是小菜。"

大家都觉得这个主意很好，于是约好了一个星期内，男生负责把词曲和小合唱的人选拿出来，接着花两个星期排练舞蹈和音乐。定下章程后大家拍拍屁股散开，各忙各的去了，洛云感慨，真是人心散了，队伍不好带啦。

他和李文赶回宿舍，要把这次会议的精神传达下去，还要通知老邱，借用他的妙笔，并且还要他改改风格，最好是婉约派的，不要太黑暗、太豪放的。推开宿舍的门，老邱果然在，不过没在看书、听摇滚，而是站在阳台上抽着烟，面色苍白，拿烟的手还在微微颤抖。洛云走过去，问："怎么了，老邱，没什么事吧，脸色这么难看？"

老邱没有像往常那样劈头盖脸地甩出一句"丢你老母"，而是面无表情，如同没有听到这句话。

大家反而不敢问了，又看了一会儿，见老邱还没说话，只好四散开去。

洛云和李文站在老邱的身边，陪着他一起沉默，过了许久，突然听到微微的声音，他们低下头一看，竟然是烟头快要烧尽，暗红的烟灰开始烫在老邱的手指上，而他居然毫无知觉。他们两人大叫一声，老邱才好像恍然大悟，松开手指，上面已然是一个大水泡了。

“老邱，怎么了？是不是家里出事了？”李文小心问道。

老邱还是没有回答，就这么默默地站着。他们俩只好走出阳台，假装各自忙碌，不时看看阳台上的老邱，直到快吃晚饭的时候，他还没有移动。洛云说：“老邱，我们去吃晚饭了，要不给你带点？”老邱依然没有回答。

洛云只好拉着李文去了食堂，匆匆吃完，又叫了一份炒饭外卖，怀着揣测又回到了宿舍，一开门，发现老邱已经不在宿舍里了，也不在阳台上，等开了灯，定睛一看，原来他已经爬上了自己的床铺，被子蒙住头，蜷缩在一角。洛云马上问：“老邱，没事吧，身体不舒服，要不要去医院？”良久，被子里才传来含混不清的两个字：“没事。”他终于说话了。

第二天起，老邱活过来了，但如行尸走肉一般，别人问什么他都爱理不理，一直过了很久都是如此，当然，这是后话了。总之现在，他是没办法来写歌词了，李文就对洛云说：“我来写吧。”洛云深深地看了他一眼，说：“好，你来写，我相信你。”

之后，因为李文不懂乐谱，他们和小艾一合计，让他先写好词，然后再由洛云根据词来谱曲，至于内容方面，由李文自由发挥，大前提是走校园民谣路线，朗朗上口那种，大家也好唱。

李文心想，这朗朗上口，不就是口水歌嘛，但能写出口水歌也是本事啊。他从没有过这样的尝试，作文写过不少，兴致高涨的时候歪诗也写过几行，自己揽下这活，不是出于雪中送炭，而多半是因为她吧！这样可以找时间切磋修改，这点小小的私心，怕是洛云也看出来了吧，他说相信我，是说相信我的水平还是相信我的人品？李文摇摇头，他需要进入一个纯粹的世界，而不是如此这般。

他需要寻找灵感，脑子里都是各种旋律在飞旋，却杂乱无章。灵感？这灵感是世上最奇妙的东西，是天光乍现的奇迹，是造物者的恩惠。莽莽大众，有多少人曾经受到那神光的照耀？哪怕有一瞬间，也会用灵魂匍匐在造物者面前，不愿意再吃那俗世的粟米，而祈求赐予最珍贵的珍膳，那是世界上最甜美的甘露。有幸尝过的人将会陷入更大的不幸，因为这是天的恩赐，余生将要不断追寻。如果有人狂妄地认为这灵光乍现，不来源于未知的通天塔，而是全由自我的天才做主，那真是浪费了上天赐予的一副好皮囊，他只会在挥霍一空，江郎才尽后在午夜惊醒，然后再次祈求上天的垂怜。这天光，可以是滔滔不竭的大潮，也可以是晶莹剔透的点滴，它与天地万物都有关系，可能在那霞光中，也能在那湖水里，可能在杜鹃啼血中，也会在蓝田日暖里，可能在他人的一个眼神中，也能在自己的一个动作里，它无所不在，也无迹可寻，它可以解救一个人，也可能毁灭一个人，它在于苦苦追寻的蓦然回首，也在于款款而来的自荐枕席，它是世界上最不可捉摸的精灵！

对于它，有幸想再次拥有它的人，需要敞开自己蔽塞的心灵，向未知的世界袒露心扉。当然，你就能听到世界上最真实的声音，种种苦难与悲哀以及夹杂其中的快乐就会向你袭来，将你围绕，与你的本质产生共鸣，发出或动听或嘈杂的声响，可能是此曲只应天上来，也可能是呕哑嘲哳难为听。如果这个时候，卑微的人类埋怨起上天的不公，或天光的丑陋，那么，他就锁闭上了他的心灵，不再柔软湿润而是坚硬如铁，那么他将永远活在自己狭小的世界里，在黑暗与探照灯的照耀下前行。

李文就这么在校园里荡着，此时已经是快熄灯的光景了，昏黄的路灯下，黑夜也退去了冰凉的外衣。李文突然觉得这黑暗是世界上最可爱的颜色，它洗涤了一切，包容了一切，不因为万物的美而趋之若鹜，也不会因为它们的丑嫌恶抛弃，它轻轻地包裹起一切，也保护了一切。若是有一丝光亮，它就迅速地躲开，不强求、不争宠、随遇而安，这该是多么大的气度。李文觉得眼前的一切是那么温暖与可爱，这是自己从未有过的感觉。

他路过学校的大操场，黑暗中有许多人跑步的身影，一圈一圈，还听到大口的喘气声，啊，这是青春的气息啊，这是这校园之为校园的原因吧，不在于这实体的冰凉的建筑，不在于这美丽的校园，不在于这温暖的夜晚，而在这些散发着青春活力的人身上啊！而他们自己呢？可能却没有意识到这点，在第四年七月的时候孤独地离开，然后有人来补上他们的位置，没有人知道或在意曾经有这个身影在这里奔跑过，呼喊过。他们离开了校园，是不是也被校园抛弃了呢？明年这个时刻，自己不也要面临这个吗？自己曾经留下过什么，还有什么牵挂，为什么还放不下？啊，青春，就这样在一圈圈中流逝，而无法挽回，不能挽回，这是一场梦吗？多么希望自己醒来的时候还是大一的那个少年！李文突然觉得悲从中来，跑回宿舍，拿笔记下了难以平复的心情和字句，而这，就是灵光乍现的歌词：

那些曾经的过往的永远的梦啊，
所有来去的自如的孤独的心啊。
有谁见你如见我所有的青春啊，
可是我望你若望我都遗忘了啊。

你还记得那白色的粉色的红色落花呀，
我却早已忘记盛满她们的蓝色土地呀。
你还记得那随风飘扬如梦一般衣衫呀，
我却早已忘记穿着她们的紫色轮廓呀。

我会最后一次叫你的名字，
然后层层叠起扔放在角落。
我会最后一次看你的笑容，
然后缓缓放下不安的心灵。

请让我祈祷最后一丝的夕阳光亮吧，
一定要洒在最早一株栀子花瓣前头。
请让我企盼南来的微风轻轻吹过吧，

一定总会带来你的消息和我的忧愁。

当小艾和洛云看到这首歌词的时候，都沉默了，这歌词平淡无奇，但似乎却击中了他们心头最柔软的那个地方，真是一份相思，三处闲愁。拿到歌词的那天，洛云就把自己一个人抛在宽广的校园里，徘徊于每个角落，在第二天就拿出了曲子。三个人反复斟酌，终于在一个星期内完成了作品。小艾问，这歌叫什么名字？李文想都没想，脱口说："就叫《艾草青青》吧。"接着三个人都沉默了，也不知道是同意了呢，还是反对，总之就再也没提过。

接着就是忙碌的彩排，最后决定小艾唱第一段和第三段，男生小合唱唱其他两段，一共唱两遍。五个女生长裙飘飘来伴舞，要是有吉他伴奏就更有感觉了，但老邱现在的状态实在难以沟通，洛云只得找人做了盒伴奏带。

表演那天，大家几乎全都去了，报告厅里挤得满满堂堂的，李文没有表演任务，坐在下面忐忑地等待，他觉得前面的节目漫长无比，其实那些也是大家八仙过海各显神通，有搞笑的小品、有激昂的诗歌朗诵、有略显笨拙的模仿秀，都把压箱底的功夫拿出来了，让师弟师妹们感受到本院优良的传统。

终于，报幕员款款走上前台说：“下面有请经济系的同学们给我们表演他们原创的歌曲和舞蹈《无题》……”

悠扬的旋律响起来了，礼堂里渐渐安静下来，这旋律轻柔而忧伤，缓缓流过大家的心田。李文看见小艾今天穿着一袭长裙，碎花褶皱镶边，戴着蓝色的细细发箍，眉色如黛，眼神如夜风拂过洞庭，身形似菡萏伫立在水面之上。聚光灯描出柔和的轮廓，从头顶的发丝到脚底的仿麂皮帆布短靴，都沾蕴了月光的颜色，宛如工笔画《秋冥》中走下来的风景。

她的声音如天籁一般传出，在礼堂里盘旋，回响，如同打开了每个人心底的那脉清泉，在山泉水清，出山泉水浊，至少在这个时刻，那弯在山的清泉抚过每个人的心灵，跌宕起伏间带走多少浮躁与轻狂。这清秀的泉水，分明带着离别的忧伤，从心头滑过，将不再停留。接着是男生低声的吟唱，仿佛这泉水越来越大，却又百转千折不愿离去，清澈的泉水下有力量在涌动，有太多的不舍。在这纠结时候，小艾无比干净的声音又出现了，时间倒回，又是最原初的状态，但时间毕竟流走，所以是经历过的回归与淡淡的哀伤，这是世上最纯洁的孩子的声音吧，还是绚丽花开后的平淡自如？

一曲终了，李文流下了眼泪，他分明看到，有两行晶莹的泪水也从小艾的眼中流出……

8

晚会结束后，大家三三两两回到宿舍，看到老邱一个人在那里抽烟，地上还有许多空了的啤酒瓶，洛云上去问：“老邱，今天没去啊？错过了精彩的表演啦，干吗一个人在这喝闷酒？”

“她走了。”老邱终于说出了原因，可能是自己消化得差不多了吧，终于可以说出来了。

“为什么？”洛云问。

“因为她说不再爱我了，说等了这么久，不想再等下去了，可是我们已经好不容易这么多年都熬过来了啊，等我明年毕业就回去了，她却说不想再等了。”老邱又灌了一口啤酒。

“为什么不想再等了，她告诉你了吗？”

“她说我这个人没有方向，给不了她应有的，她看不到未来。”

“未来？你明年回去后，不就有未来了吗？女人真是的，这都想不开？”

“不是她们想不开，是我们不明白呀，其实我理解她，真的，我特别能理解她，所以她做这个决定我不怪她。”

“那你还爱她吗？”

长时间的沉默后，老邱又灌了一口酒，说：“爱，我还爱她，但爱情是什么呢？爱情又有什么用呢？在距离、现实面前，是那么脆弱。也许就因为我还爱她，所以就应当放手，你们看我现在这么难过，难道她不比我更难过吗，是我对不起她啊！”接着老邱拿着一瓶啤酒猛灌下去，往床上一趴，动也不动了。

从此以后，老邱似乎从爱情失败的阴影中慢慢走了出来，但更加烟酒不离身了，再也不去上课了，他真正迷失了方向，因为他失去了生活目标。生活，就像他点着的那一支支香烟，很快就燃烧成灰烬，空留余烟袅袅，而被弃之一旁的烟嘴，也许才是生活或生命的本质呢。

而对于普罗大众，时间就像一剂慢性毒药，在品尝后的很长阶段内总如轻舟行水、轻歌曼舞，两岸风景隽永如画，如画般未曾改变。直到一夜之间，也许只是在午夜梦回的某个瞬间，或是阳光泡沫下的一个恍惚，积存的毒素开始爆发，目的与现实听到孤岛中塞壬的歌声，开始石化，横亘在眼前，恰似一只只凶猛而冷漠的怪兽。如此一来，冥冥中有大智慧者，当化轻舟为香象，截流而过；有小智慧者，则醉生梦死，撒手放舵；而大多数中庸之辈，则蝼蚁偷生，拚死一搏。李文觉得，现在的他们，就是那热锅上的蚂蚁。

巨石与热锅就是快要到来的期末考试，所有人都明白这次考试不同以往：明年就进入大学时代的末期，那时候大家都忙着实习，最后的考试也就走个形式，所以今年的考试就格外重要，关系到学分绩点的计算，影响到保研、推荐等等因素。所以，同学们都爆发出最大的潜力与忍耐力，天天泡在教室里自习，有的还通宵自习，空气中弥漫着备战备荒的气氛。

李文望着远处树影中摇曳的教学楼一角，正透出惨白的光，又低头看了看摊开的会计学课本，不由得轻轻叹了口气。

几乎所有人都在那儿呢，宿舍里只剩下他和老邱。老邱如今一味沉浸在自己的世界里，冷暖自知，安静地像个自闭的孩子，可以忽略不计，所以李文发现在宿舍里自习也是个不错的选择，夏夜凉风吹散太多窒息的备考氛围，蝉声孤独地嘶叫提醒人的存在。在这样的时刻，居然有一种愁思在昏黄台灯下如柳絮生出，和着老邱手中、口间那缭绕的烟雾，竟让李文有点恍惚起来。

他看见老邱，一脚趿着破拖鞋，另一脚跷在椅子上，左手点着烟，右手端着一瓶金陵干啤，头上戴着厚厚的耳机，随声听发出车轱辘轻微转动般声响，正在摇头晃脑地随着音乐晃动。突然，“咯哒，嗞”，那是卡带到头翻另一面的声音，老邱也停止了身体的节奏，拿起酒瓶，灌了一口。

“老邱，听什么啊？”李文冲着他大声问道。

老邱放下耳机，也大声说：“唐朝！”

“梦回唐朝啊，这么老的歌？”

“丢！对于你们这些小屁孩是老歌，对于老衲我是正逢其时。”

“都这么一大把年纪了，还听这么激烈的歌啊？”李文也戏谑道。

“对于你们是喧嚣，对于我是怀旧。文啊！我听它们仿佛重温过去，只有温暖，没有愤怒。”

“我理解。”李文点头。

“文啊，你不理解，我好像走在了你们之前，现在的生活如同倒带，但又被它所驱逐，我是居无定所，只有这些激扬的老歌让我安宁。”

“只听摇滚？”

“是的，安静的老歌让人难受，只有摇滚才会平息灵魂，这些卡带，你也可以拿去听听。”

“刀锋让人明亮，音乐让我痛苦。”李文口中突然冒出这么一句话。

“丢你老母！”老邱笑了，赞道，“说得好！刀锋也让人阉割！”说话间猛吸了一口烟，闭上眼，嘘地吐出。

“老邱，我很羡慕你呢！”

“羡慕我个鬼啊！”老邱睁开眼，“我大部分的时间是在痛恨自己，剩下的时间是在体会自己痛恨自己。

“文啊，看着你们这些鲜活的面孔，我就像回到过去，可是这终究不是倒带，而是卡带，我时刻听到那种‘咯、咯、咯’的断续声，这提醒我这不是重温旧梦，而是被抛弃的残梦，你说我该不该痛苦？”

“可是，我还是羡慕你的洒脱。”

“那只是表象，不过也说明你孺子可教啊！”

“老邱，你怎么从不上自习教室？”片刻沉默后，李文问道。

“你不觉得那像个水晶棺材吗？”老邱望着远方的大楼笑道。

“我们也像是活死人呢。”李文也笑了。

“所以我们要住终南山下的活死人墓，而不是那里！”老邱递过那半瓶啤酒，说，“加赠知识的，就是加赠忧伤，干了！”

拿过酒瓶，李文一饮而尽。

而尽、而尽、酒香苦涩，这莫不就是无处排遣的愁倦吗？是对爱的哀愁酿造，还是其实这就是自己的味道？青春本就是这样的，所以怪不得春光，怪不得伊人，一切都是自己应得的？李文看了眼摊在桌上的书，知道心情被这么一撩拨，书是看不下去了，于是索性往椅子上一仰，长叹道：“老邱，老邱，我们都是一样的人啊！”

“谁和你是一样的人？我说文啊，你不应该像老衲这样。”

“像你什么样？六根清净？”

“丢你老母！老衲还是有一根未尽的！”老邱骄傲地深吸一口烟，眯起了眼睛。

李文躺到床上，看着那一缕缕青烟从床下升起，散去……老邱仿佛知道他在观察，还变着法子吹出各种不同的烟圈，这让李文感觉犹如参加一场盛大的演出，时间就在这一个个烟圈中穿行，却也定格在这一片片微小的烟雾中，切成一个个横截面，如同镜框一样，多年后还能拿出来把玩，吹一口气，还有烟草的香味。

时光的游走，不以物喜，不以己悲。很快，晚自习的同学们回来了，宿舍里喧闹起来；很快，喧闹声在熄灯中停止；很快，寂静又笼罩了这方天地；很快，大家都没有了聊天的兴致，不知谁的呼声先悠远地飘扬出来。

至少，那不是李文的，他又一次被青春的愁绪不可避免地击倒。望着那些熟悉的场景，他心中苦笑道，有多少个夜里自己这样了？一次一次软弱与敏感地像个婴儿，平日里无处不在的思绪，空气中飘浮的情节，都在此刻被他放大、放大，他总是会被巨大的充实感填充，舔舐品尝着这种种滋味。这是一种病态还是变态？他在问自己，他突然意识到该有的日子不应如此，他应该像几乎所有人一样放肆地歌唱、拼命地忙碌、毫无目的地乱撞，至少这样，青春才会挥耗，只有这样，才能不虚此行。他有点同情老邱了，是的，他和他是不一样的，他活在自己的世界里，那个世界已经满是荒芜。而自己呢？应该活在这如潮一般的人群中，应该是那教室中攒动人头中的一个，应该焦虑，应该不安，应该生活下去！

是的，生活下去！让所有负面情绪做成长的注脚！既然如此，还有什么可以隐瞒，还有什么需要顾虑？明天，他将毫无保留地拥抱这个世界，他要大声向全世界说出他的爱，他要去找小艾，告诉她他的心！对！就在明天！他无需考虑别人的任何感受！无需！谁说青春不能犯错！犯错！当第一缕晨光洒入的时候，他要向她表白！

当第二天真正来临的时候，整个宿舍沸腾了！

当然不是因为李文的表白，而是一个消息在整个宿舍楼里都传遍了：

“美国轰炸我国驻南斯拉夫大使馆！”

平时早晨有习惯听广播的学生先听到了这个消息，接着，事实就像流言一样汹涌澎湃地在楼道里传扬。大宏正挨个敲宿舍的门，将大家叫醒，然后大声地发布号外消息。

“出大事了，出大事了！”他的大嗓门足以传播到数里之外再传回来。

“什么事，什么事？”大家一个个睡眼惺忪地从宿舍里探出头来。

等得到确切的消息后，一个个迅速激动起来，大声地朝宿舍里还在睡着的同学吼道："快起床，快起床！出事了，出事了！"

很快，大家都集中到了宿舍的走道里，哲学系的几个学生更是激动，挥舞着床单，大声喊着话。突然，不知道谁大吼一声："打倒美帝！"所有人在片刻之后也同时呼号起来，于是整个楼似乎都晃动起来，好像隔壁的楼层也有了回应，对面的女生宿舍中也有零星的呼喊声传来，于是，大家就像打了鸡血一样，口号声一浪高过一浪。

大宏突然对着洛云来了一句："洛云，我们去游行吧！"

他嗓门本来就大，人群一下子安静下来，大家窃窃私语，仿佛巨大的风暴在酝酿。

洛云的脸已经涨得通红，刚才几句口号呼喊得很过瘾，他只觉得心中有巨大的能量需要爆发，而这个拥挤的楼道，太小了！他看看身边这些生龙活虎的身体，有很多人还打着赤膊，有一股火热的气息在翻腾，那是压迫性的力量，需要宣泄，需要宣泄！这就是自由，力量！他大叫一声："好，我们走！"

"去哪里？"大宏头一昂，眼睛里仿佛可以喷火。

这时大家才意识到，美国领事馆不在这个城市，这可真是个大麻烦，于是人群又是一阵喧嚣。

李文在人群的边上，贴着宿舍的门，看着同样依靠在门上的老邱，问："你去吗？"

"丢你老母！一群暴民！"老邱低声说道，"我不去，我要活命呢。"

"为什么不去？！他们炸了我们的领土啊！"前面的洛云回头问道，眼中那股正气让李文害怕。

老邱却笑了："我无所谓的，事情闹得越大越好啊，正好不要期末考试。"

洛云一愣，还没反应过来，耳朵却被大宏那巨大的声波险些震聋。

李文看着日益失控的人群，突然有一种深深的恐惧，这是一种直觉，觉得快要被这股力量所裹挟，而这股力量，足以毁灭他！于是他大声喊道："大家不要急！这件事还没搞清楚呢……"

话还没说完，就被一个披着床单，戴眼镜的瘦高男生喝断了："怕死的就不要去，我要让美国佬血债血还！"

"对，血债血还！血债血还！"口号又一次喊了起来，李文感到一股凛冽的寒风刮过他的身体，头皮发麻，如同听到白色坚硬粉笔画过黑板的声音，不禁打了个冷战。

“没有大使馆，我们就去肯德基、麦当劳、耐克、阿迪达斯！”

“对，上街，上街！”洛云呼喊道。

“丢！阿迪是德国的。”老邱低声嘀咕道，却被前面的大宏听见了，回头说：“妈的，一伙的，都是列强！”接着号叫道：“打倒列强！打倒美帝！”

李文心中却只有一个念头，一定要阻止他们，阻止洛云，他只觉得这是一群疯子。于是，他打开宿舍的门，钻了进去，拿起电话，拨打了班主任的电话。

“喂，周老师吗？我这是男生宿舍五栋三零五，有学生要去游行，你最好来一下！”

快速说完后，李文没有理会那头的问话声，迅速挂断了电话。长吁了一口气，将心跳平复下来，打开门又钻进了楼道。他浑然没有发现阳台的一个人影，正好看到了他做的一切。

汹涌的人群一刻也按捺不住了，大家如潮水般向楼外走去，一边走一边喊着口号。李文看着眼前一片狼藉的走道，还有几双拖鞋遗留在那里，耳中听到这口号声已经在楼下转过弯去，心中茫然一片，该不该跟过去？去不去？

这样的队伍很是拉风，该有多久学校里没有出现这样一幕了？这样让人热血沸腾的场景！大家穿过桃花岛，穿过一排排宿舍楼，那巨大的口号声引得窗台上人头攒动，也有人跟着呼喊起来，在路过几栋女生宿舍的时候，口号声格外地声嘶力竭，好像是一个个出征的将士，打马从闺阁盛装舞步而过，达达的马蹄期待着美丽或不美丽的错误。

聚过来围观的学生愈来愈多，更多人加入到游行的队伍中，浩浩荡荡往校门口走去。眼看就要走出校门，几辆自行车飞奔而来，挡在了队伍的前头。原来是各个年级的班主任来了，领头的正是他们的周老师。

“干什么？干什么？你们要干什么去！”周老师已经满头大汗，油光满面，眼镜都快要滑下来了，还舍不得、来不及去扶一下，肥大的鼻孔一张一翕，连微探出的鼻毛都湿漉漉、水淋淋，眼镜上镜垫里两点生锈的铜绿在烈日下发出古董的光芒。他把车横在身前，右手指着大家喝道。

“去游行！美国人炸了我们的大使馆！”学生中有人回答。

“知道吗？你们这样去是违法的！”周老师厉声说道，他左手握着车把，现在右手死命一拍车垫，声音随着肥大的手印闷在油光可鉴的塑料坐垫上面，倒是有水花溅起一圈，那破车愣了半秒，五脏六腑死命抖动起来，发出金属的哀鸣，这才颇有些声势。

人群果然安静了，交头接耳起来。

“好了，同学们，看到你们的爱国热情，我们很高兴！但是，我们在这个时候，一定要服从组织，服从安排，才能把大家的力量发挥到最大。先回去吧，先回去吧，有安排我会通知大家的。”周老师放低声调，终于可以露出了他本来温文尔雅的一面。

大家的激情好像一下子被用光了，开始后怕起来，也没有人争论，散兵游勇般三三两两地往回走。

“张洛云！”周老师叫道，“你，到我办公室来一下！”

一个小时后，洛云铁青着脸回到了宿舍。大家一下子围了过来，“怎么了？为什么喊你过去！”大宏问道。

“妈的！我怎么知道？有人告密说这游行是我组织的！”洛云瞪着围上来的人，恶狠狠地说道。

“靠！谁说的？站出来！这么龌龊的事情，我揍死他！”大宏吼叫起来。说着环视起周围每一个人，就像一只随时要吃人的野兽。当眼神掠过经济的时候，发现他迅速低下头，双手关节还在不自觉地扭动。大宏一个箭步冲了过去，一把抓住他的领口，低声吼道：“经济，不会是你吧？”

“不是，不是，我没有，我没有打电话。”经济吓得结巴起来，脸色惨白。

“靠，不打自招是吧？你怎么知道是电话通知的？”大宏逼问道。

“我，我，我……”

“你什么你？”大宏手上用了劲，“快说！”

“我看到，我看到，是李文后来在宿舍里打的电话！”经济结结巴巴地说完话。

大家的眼睛刷地一下扫向了在一旁的李文。

“不会是你吧？”洛云向着他，痛苦地问。

“洛云，你没事吧，老周说了什么？”李文看到那双熟悉的眼睛，正发出自己从未见过的痛苦，心里一紧。

“他说要重新考虑我的保研资格，是你吗？不会是你吧？”洛云一字一句地问道。

“我是打过电话给周……”

“为什么？为什么？为什么是你，我最好的朋友？”洛云打断他的话，双眼赤红。

“洛云，你冷静点，我只是觉得你们这样不对，但是我没有说是你组织的！”

“冷静点，你让我冷静点？好，很好！你打了电话，但是没说是我？”

“没有！”李文沉声说。

“好，很好！这才是我的好兄弟！我，我，相信你！”洛云大声叫道，说完后从李文身边走进宿舍，啪，关上了门。

走道中的大家也慢慢散去，李文只觉得大家回头看他的眼神都变了，是鄙夷吗？是不屑吗？可能都是的，这或许都是应该的吧，而洛云呢，他选择相信自己，他不得不这样选择吧。可是，李文知道，有一道裂缝已经在他和洛云心底扩开，这或许是永远弥补不了的了。

李文就这样在走道里怔怔站着，突然，有人从后边拍了一下他的肩膀，回头，是老邱。他递过来一瓶金陵干啤，依旧懒懒地笑道：“走，我们喝酒去，文啊，不要去理会那些俗人，唯有杜康，唯有杜康啊！”

洛云也无心复习迎考了，绝望地等待着可能的通告批评，大家心底里也泛起了嘀咕，怕校方继续追究，谁没有喊过一嗓子呢？于是，越发同情起洛云，也同情起自己，所以都来安慰他，说这是不一定的事情。大宏还自告奋勇地说要去帮他求情，被洛云一把拉住，求他不要再给自己添乱了，说这事可大可小，但一点火就着，不能再节外生枝了，最好就慢慢这样冷处理掉。

批评通告没等到，等到的却是口头通知，说学校理解学生们的爱国要求，所以要组织大家集体地有序游行！这下子，宿舍里又炸开了锅，又摩拳擦掌起来。洛云也长松了口气，这么说就是不太可能再追究他了，也许保送没了，但档案上总还是清白的。

“老邱，这回你该出山了吧？”经济看着还在悠闲地听着音乐的老邱，问道。

“丢，不去，你们这就被招安啦？”老邱笑骂道。

“靠！这叫响应党中央号召！”大宏大声叫道，“走，兄弟们，我们去校门口集合！”

于是大家群情激动起来，浩浩荡荡往楼外走去。老邱叫住了队伍尾巴上的李文：“文啊，别去了，咱们俩在宿舍里喝喝酒、听听歌，多好啊！”

李文摇摇头，心底里想，自己能不去吗？自己原本和他们是一伙的啊！

老邱看着离去的人群和远去的喧嚣，摇摇头，嘴里低声说道：“可从来没见过这样的游行呢！”

端是大手笔！各个大学的学生都有序地集中到了一个个队列里，大家沿着城市的主干道，开始游行，统一呼喊着口号：

“打倒美帝国主义！”

“热爱和平，热爱祖国！”

“努力学习，报效祖国！”

“严惩罪犯，保卫祖国！”

这口号声冲破高大梧桐树的藩篱，一浪高过一浪，直冲云霄，让骄阳也失去了颜色！

洛云在队伍的最前方，周老师让他戴罪立功带领喊口号。本来，他对于这次组织好的游行心里也蛮不是滋味，有一种被捉弄的感觉，但是，当看到浩浩荡荡的学生队伍跟随在自己身后，自己每喊一句口号，尽管是准备好的，但是身后那万千的呼应声，整齐划一，也让他胸中生出一股炙热的火焰，一股士为知己者死的抱负，一种匹夫有责的浓烈情感，也让他感觉到这属于大时代的光亮与召唤！虽然到了晌午，艳阳高照，知了聒噪，同学们已经是汗流浃背，但那汗水，滴落在柏油马路上，难道不曾有“嗞、嗞”的声响？那是青春的沸腾，那是生命的升华，那是能量，是足以冲破一切大潮的声响。

李文站在班级队伍的最后，后面是其他系的学生，感觉就像被碾着前进，是的，前进，应该还算是前进吧！午后的阳光直刺到大家的脑门上，发出油亮的光芒，李文耳中满是激昂的口号声，自己也跟着叫喊，仿佛只有这样才不落单。时间长了，就变成一个下意识的行为，下意识的振臂高呼，他觉得空气中的热浪已经足以将时间分裂，晃动，却如同一张大网，紧扣他这只鱼虾。他突然想到历史书上的那些振臂高呼，那些枪口下盛开的生命，该不是如此这般的吧？这分明就是一场定制的青春嘉年华啊！

他有一种空间错乱的感觉，仿佛自己的灵魂已经不属于这具肉身，飞到了四周的高楼民房里，在某一扇窗口，正探头探脑地窥视着下面这浩荡的人群，注视着这阳光下最光鲜的事业。他将赞叹于这人力的伟大、这口号的振奋，但仅仅是一个旁观者，那口号中的阳气太重，让他这样的孤魂野鬼也要退避三舍，所以只能在屋檐的阴影下生存。

直到傍晚，同学们的脚步也没有丈量出小半个城市，但，大家好像也耗尽了体力，累了，于是在班主任的指令下，如鸟兽般散去了。

回去却不是那么容易的事情，江南江北，距离不短。等大家到了江边等待半小时一班的客车时，不知道谁提议，不如走到江那头的车站，横跨长江！于是大家哄然叫好，是啊，游行中的激动劲还没过呢，回想起那千人的长龙，整齐的口号，道路旁楼宇里探出的一个个脑袋，行人的回应，怎不叫人难以自已？怎不叫年轻的热血燃烧沸腾？所以，现在，沸腾后还有余温，燃烧后还有余晖，正需要一次远足才能消化。

大家对于这座大桥，总有一种莫名的感情，这来自于孩童时代，它曾在每个人的小学课本中出现，那里面描写它的每一个字，曾被大家反复背诵过，默写过。虽然如今已经忘记，但它也成了一种集体记忆，一个关于孩童时代的图腾，一个痛并快乐着的记忆元素。这也是大家欣然前往的原因之一，这将是一场回归的瞻仰。

半小时之后，大家才发现这或许不是一个很好的建议，因为他们连引桥还没走完，队伍已被拉得三三两两。当然，那笔直的白玉兰灯柱、栏杆上端正的雕花、桥头巨大的工农兵雕塑，还是给人一种巨大的仪式感，让大家觉得就应该走下去，走下去。

洛云走在了队伍的最前端，他一向是这样的，脚步总是很快。这次，他本打算和小艾走在一起，没料到琴琴却很快凑了上来，而且看这架势也打算一路和他并肩而行。

“嗨，洛云，你好久没理我了。”她撅着嘴，一副装哀怨的小女孩样子。

“看你说的，是你不来搭理我吧？”洛云总是忍不住和她调侃。

“你这个花心大萝卜，我们可从来不敢招惹你！”

“我哪有？别诬谄我清白啊！”李文心中一动，她说“我们”，那除了她，还是谁？是小艾吗？

“你没有？那上次那个医院里的女孩是谁？是你女朋友吧？这可是大家都看到的呀。”

洛云心想，那可不是大家都看到的，只有小艾看到了，莫非真是她来借琴琴之口问话？他看着身边女生那挑衅的表情，佯装薄怒，双眉轻颦，竟有说不出的可爱。

于是低声细语，将他和刘璐的故事娓娓道来。从相识、相知，再到分开，真是平铺直抒，其情可悯。洛云知道，按理说，不该向另一个女孩子这么详细说自己从前的感情，要么会有炫耀的嫌疑，要么就会自曝其短。但是，或许可以通过身边这只耳朵，传到另外一个人的耳里，所以当然是越详细越好。而且他一开始认真地说，仿佛自己又收不住了，越说越多，自己也陷入了那份回忆中，浑然不觉听众的反应。她那双眼睛正一眨不眨地看着他的脸庞，那金黄夕阳侧光下笔直的鼻梁、粗黑的眉毛，她发觉这个男孩居然还有长长的睫毛，这让她都有点羡慕呢。

等他说完整个故事，洛云长叹一口气，从过往情节中走出来，却发现身边女生怔怔地望着他，眼波流转，面颊微红，不知是否被晚霞印染而成，看到他望过来，忙低下头去。

“洛云，我听了你的故事，我知道你的心，可是，我……我还是想知道，你怎么看我？”

洛云听到身边一个声音轻轻响起，心头一震，他委实没想到她会来问这个问题。

“琴琴，你知道我的，我们是好朋友啊，你一直知道的啊！”洛云望着她微笑道。

“仅仅是好朋友吗？”琴琴也笑了，只是还是没能藏住那份苦涩。

“是啊，我们从来都是啊！”洛云低下头，忍不住伸手摸了摸姑娘头上扎起的发辫，笑道，“你真是个可爱的小孩子呢！”

琴琴抬头，看到他那一脸怜惜的表情，觉得心如同那水面上的片片粼光，碎成千万片，却也有放下了的释然。

“是啊，朋友多好，朋友多好。”洛云喃喃自语道，神情却有点黯淡。

“你和李文的事情，我们都知道了，我觉得他不是这样的人，说不定是误会呢。”琴琴体会到了他心头的那份索然。

“不说他了，我相信他，我相信朋友。”洛云说。

而此时此刻呢，李文正一如既往地走在队尾，并肩而行的正是小艾。

他们也不知道怎么就走到了一起，但是在互相说了几句无关紧要的话后，都选择了在这夕阳下沉默地前行。

良久，李文长叹了一口气。

“我，相信你。”小艾轻声说道。

“相信我？相信我什么？”李文觉得自己的心弦被触碰到了，是的，她知道自己在想什么。

“我相信他们误解你了，你没有打电话。”

“难道你们都认为他是对的吗？那个电话是我打的！”李文说，他不想在她面前掩饰什么，包括掩饰失望。

又是长长的沉默。

“但是，我并没有……”

“我不想再讨论这个话题，我，讨厌政治。”小艾淡淡地打断李文的话，一脸平静。

李文没有再说话，是的，她有她的骄傲，他又何尝没有呢？虽然在她面前，这骄傲是如此卑微，但，这不也是他在她面前站立的理由吗？他不愿意在爱的面前匍匐，他要挺直腰板，他要他小小的骄傲可以开出细小的花朵，美丽的花朵。

于是，李文看着身边的那一江水，安静地走着。

那江心处，已然是古铜色的波光粼粼，有船正顺流逆流，但都是如江面上的一点，随波逐流。此情此景，仿佛从来就是这样，未曾改变过。有晚风拂过他的脸庞，李文觉得一种深深的悲伤从心头升起，是啊，自己永远都是这般孤独。他觉得自己好像那长江中的鱼儿，偶尔会跳出水面，看到了河岸的形状，但是周围的鱼儿却嘲笑他的多此一举，它们就凭着天生的本能向前游去，从不问要去哪里，为什么要去那里。

而他，自以为看到了那些河岸，就能明白了水流的方向与曲折，有时候还洋洋自得。可是他又能改变什么？他能够改变河床的形状吗？能够改变河流的弯折吗？不能，他不能，他只是那条偶尔跳出水面的鱼，自以为那片刻的空气就是自由的味道，却不知道那代表了致命的窒息。

而且，他以为看到了前路，因为自以为比别的鱼儿跳得更高一点，但是，他哪里知道，他在那瞬间看到的，或许只是一个小小的支流、或许只是一条大船的船尾、或许只是悬崖边的短暂开阔与留白，他哪里能够窥得全貌呢？就连那小小的先知自得，也是如此荒谬，是盲人摸象似的幻境。

他可以感觉到水温的温暖，这其实是他唯一的依靠，但是他却随时都想跳开，他总觉得渔夫的大网无处不在，他总是在不停试探前面的方向。他这条鱼儿，总是在想此刻的温暖并不代表下一刻的可靠，已知的欢乐不能代替下一秒的未知，基于过往与此时的推断总是那么的虚假，他需要看得再真切一点，他需要面对冰冷的空气，老天赐予他可疑的性格，也就给了他高贵的灵魂，所以他不能辜负它啊！

他需要往更深的红色游去，哪怕是阳光的残影，哪怕一切行将结束，哪怕他一无所得，他也要一如既往！

9

大四的日子终于到了，以前大家总觉得大学生活漫长得看不到头，现在真看到头的时候，又是那么地不舍。

现在还没有时间来不舍，每个人都开始考虑或实现自己的未来：找工作的开始留意各路消息，考研的更加拼命努力看书，想出国的开始报名各种考试。时间一下子比前三年要紧张很多，宿舍里开始大面积地出现空床位，有很多人已经找到了实习的机会，看见未来向自己微笑呢，而目前生活中最显著的变化，就是好像在一夜之间，每个人都买上了手机，都说是为了找工作方便。

洛云打算毕业就去工作，他放弃了可能的保研资格，按照他的说法在同一所大学再读三年书，对着同一帮老师，听着差不多的课程，简直就是浪费生命！不如在社会的学堂里摸爬滚打个三年，那绝对是天壤之别，当然，还有一个他不说的原因，小艾已经打定主意在上海找份工作了。李文呢，他有点茫然，准确地说还没想好，他们毕业后一般都会去银行或其他金融机构、经济部门，而这他好像一点兴趣也没有。如果说考研，倒是可以换一个自己喜欢的专业，但又觉得不是这么回事，而且家里也需要自己出来工作了，虽然再读三年，自己平时也会家教打工，家里还能承担，但弟弟明年就要上大学了，自己不能那么自私。

这天晚上，他上完自习回到宿舍，看见大家都围着陈经济说得唾沫横飞。原来刚刚经济突然决定马上要飞去西安，他那个号称在美国哈佛大学的朱朱回国了，刚发消息给他，说人在西安，后天就走，问他能否赶来一聚。经济激动起来，问大家哪里可以买到第二天一早的机票？大家都觉得他疯了，这个所谓的女生是否存在还是个问题，就这样飞到西安，简直就是毛病。

经济被大家呛得不行，终于忍不住说出故事的前因后果。这个朱朱是网上某版的版主，也是个风云人物。经济一直仰慕她的文笔，于是开始忍不住在她的帖子后留言，抢沙发，没想到朱朱也开始给他回复，这么一来二去，竟然有相遇恨晚的感觉。没多久朱朱就去了美国读书，却依然会打电话给经济，她那边是白天，这边就是半夜，白天也懂夜的黑，所以经济就经常要半夜煲电话粥。

最近这半年来，电话没有那么频繁了，前段时间朱朱说自己可能要回国看一下，于是两人约好见面，没想竟然这么仓促。

听完经济的陈述，大家都觉得不太靠谱，网恋大家都可以接受，但这么深情的跨国网恋听上去就不太真实了，而且两个人连面都没见过一次，就要赶到西安，还那么急，肯定有圈套。经济怎么也听不进去，说如果自己去，最多后悔一阵子，不去，一定会后悔一辈子的！话说到这分上大家也无话可劝了，没想到平时其貌不扬的经济居然还是个痴情种子。经济说，自己可不是什么痴情种子，而是要认真问问自己的心，什么是自己想要的，然后马上就行动，这就是他简单的道理。

是啊，什么是自己真正想要的呢？不仅仅是爱情，还有自己以后的生活，自己想过什么样的生活？是在某一个写字楼中，每天在格子间对着电脑、电话的生活？是奔波于各个酒桌之间，为了订单和生计而忙碌的生活？是每天要应付客户脸色的生活？还是每天对着股市大盘上那一条条红绿线的生活？这些，李文肯定都不是自己想要的，他的梦想是每天都可以在知识的海洋中翱翔，他的思想在历史的无垠星空中远航，这才能给他最大的成就感，让他得到自我实现，在这一刻，李文下定决心，一定要为自己的梦想再拼搏一次，他决定报考久仰的复旦历史系。

五天后，经济风尘仆仆、面容憔悴地赶了回来，回到宿舍倒头就睡，他是乘最便宜的慢车回程的。他说他扑了个空，等他第二天早班飞机到达西安的时候，那边消息又发过来说已经离开西安，到北京去了。经济连机场都没出，马上打了个飞的去北京，等到了北京，那边又一个消息说自己有急事要先回美国，已经从首都机场走了！经济数了数口袋里的钱，半年打工的积蓄基本已经耗费干净，只好买了最便宜的一班慢车票，还没有了位子，就这样或站或蹲了一路。

他回来后没几天，所谓的跨洋电话又在午夜响起，经济居然完全没有怀疑那个朱朱，又聊得火热起来，而且也越来越频繁，有时候一天会接到两个，日子也在这电话铃声中被催促着行走，越走越快。

眼看着大家的未来都有了着落：小艾如愿以偿地拿到了上海一家银行的录取通知，洛云也在上海找到了一家进出口公司，大宏决定去澳大利亚，李文正在努力地恶补历史专业课知识。只有老邱似乎还无所事事，天天拿着瓶啤酒，串门聊天。

这天夜里，电话铃如约响起。

“丢你老母，经济，你的电话！”老邱骂道。

经济迅速地翻身下床，两年了，他的身手还是这么敏捷！拿下电话，马上送上温柔的一声：“喂！”听的大伙儿鸡皮疙瘩都起来了，没想到经济说完这个字，把电话从耳边摘下，对着老邱说：“老邱，你老母。”大家都愣住了。

“丢，你居然骂我！”

“不是，不是，我的意思是你老妈的电话。”经济意识到是自己口误。大家也明白过来，一阵哄堂大笑，突然就沉默了，大家都意识到这么晚家里来电话一定是什么急事，气氛顿时变得凝重。

果然，良久，老邱放下电话，一言不发。李文小心翼翼地问：“老邱，没什么事情吧？”

许久老邱才说：“没事，我爸身体一直不好，今早又轻度中风送去医院，已经没事了。然后说让我毕业后回老家找份工作，也好照应照应。”

大家都不说话了，躺在床上，各自想着自己的心事，为什么年纪越大，越有那么多身不由己的事情呢？许久许久，大家听到了老邱长叹一声：“我真恨我自己！浪费了那么多时间，一堆课要重修，现在想补救又来不及，他们辛辛苦苦送我出来，我一事无成，对得起他们吗？”说着声音哽咽起来。

大家都沉默不语，很久，洛云轻声说：“老邱，你也不想这样啊……”

是啊，又有谁想这样呢？而现实就是这样，总是在最不想面对的时候面对，但是，也不是每次都会这样沉重，它也会在适当的时候送上惊喜。比如几天后，经济突然兴高采烈地说，朱朱要回来了！是学成回国，正儿八经地回来！终于可以见面了！于是他兴冲冲地拉着洛云跑出去买了很多小礼物，说洛云眼光好，知道什么能讨女孩子欢心。

礼物是送出去了，人却没有见到。经济说是朱朱没出现，是她的一个姐妹在他们约会的地点接收了礼物，说朱朱家里有事，不能来了。经济不死心，打她电话，关机，于是拼命在她的QQ上留言。又过了好几个星期，朱朱的一个朋友主动打电话给他，约了见面，回来后经济一脸死相，手里拎着上次送的礼物。那女孩说，朱朱回国是因为得了绝症，她考虑再三后，决定永远不要相见，这是最好的结局，礼物还给你，你就忘了世界上有这个人存在过吧！

大家听了唏嘘不已，这是梦耶，非梦耶？这个女孩到底存在过吗？那些电话到底打来过吗？那些说辞是真的吗？也许这将永远成为一个谜，可是这又怎么样呢？大家很快就会忘记，最多成为日后的谈资，只是对于经济而言，一切的一切都过去了，也永远没有过去，因为这个故事的结局，是无解。

大学生活行将结束，多少故事将是一个无解的结局啊！多少人在最后时刻试图寻找一个有解的答案，却都无功而返。毕业论文答辩、拍毕业照、拿学位证，走廊里已经贴出了搬离宿舍的最后期限，只剩下最后一个节目了，毕业餐，散伙饭，这离别的盛宴。

大家酝酿这顿饭已经很久了，之前男生中已经有无数豪言壮语传出，说一定要喝到吐血，否则不许走！是啊，大学四年，想想就剩下这一顿饭了，如果不喝醉，又怎能消受这离别的苦痛？

大家包了学校旁边饭馆的一个大厅，其实环境不重要，最重要是要饭菜足，啤酒够实惠，够爽口！吃饭开始前，先是班主任周老师讲话，大家已经记不得说什么了，但总之够煽情，够伤感，其实这个时候说什么话都会听上去那么伤感！接着有几个同学主动上前讲话，坦陈了四年的心路历程，说和谁谁之间有点误会，希望今天一笑泯恩仇，再见还是兄弟。这几句话说得大家难以自已，马上开吃喝酒。

先是轮流敬老师的酒，酒过三巡，老师识趣地提前离场，然后大家更加肆无忌惮地大声叫喊，互相敬酒，非要醉死在这里才痛快。

“喝，不就是点水吗？！”

“喝了就是兄弟！”

“我有很多话要和你说，今天就一个字，喝！”

“其实我之前对你印象不是很好，但后来越来越觉得你是兄弟，来，干！”

“我早就想和你说了，其实我一直觉得你是个好人，来不说了，干！”

大家开始乱战起来，然后有人突然提议某某宿舍的干一杯、然后是篮球队的干一杯、然后联谊宿舍的干一杯、一起选修古典音乐欣赏的干一杯、一起考研的干一杯、将要工作的干一杯、一起去八食堂吃饭的干一杯、一起打牌的干一杯、一起洗澡的干一杯，总之，无数种干杯理由被想了出来。大家开始搜刮肚子里有关大学四年的每一件事，互相回忆，互相笑骂。女生也喝了不少酒，但男生们还是有一个底线，绝不灌女生的酒，这可是一个原则问题啊。

不知道哪位女生先轻轻啜泣起来，接着女生们都抱头痛哭，最后有个别男生躲到角落里，放声大哭，所有人的眼泪都掉了下来，继续喝，继续喝，继续喝……

李文瘫坐在位子上，他也不知道干了多少杯，早就不行了，但一有人经过他的座位，他还是会把那人拉住，站起来互相诉说一通。其实，双方谁都没听到对方的话，但这不妨碍交流，不妨碍喝酒。此时他看着眼前的一片狼藉，看着喝多了到处打转的同学们，心中充满了悲伤，天下没有不散的宴席啊！可怎么一眨眼就到了今天？他还有很多的事情没有做，他还有很多话没有说，不行，我一定要说！他掏出手机，点出那个魂牵梦绕的名字，用发抖的手发了条消息："小艾，我今晚能找你说说话吗？"然后按下发送键，这算酒壮㞞人胆吗？

他笑了笑，不管了，人生那么短暂，过了今晚，也许一切都结束了，也许一切都改变了！

迷迷糊糊间，他看见洛云走了过来，他马上站起来，摇摇晃晃迎了过去。

"李文，咱哥俩说说心里话，是我对不起你！误会过你！但是，我其实一直都是相信你的！"说完，洛云先干了一杯，浑没有注意这句话中的逻辑矛盾，但酒后说话就是凭着一口气，意思彼此能体会就行，气顺则意达，至于哪种意？达于何处？则就是一门如在梦中博弈的技艺了。

“我知道你要说什么，什么都别说，是兄弟的就别说，我也干！”李文也是一杯。

洛云一手搭着李文的脖子，一手给双方满上酒，他摇摇晃晃，有一半倒在了李文手上，双方都没察觉，洛云说：“你是我最好的兄弟，来我们干满三杯。”

“好，兄弟，一辈子的兄弟！”两个酒杯碰在一起，“嘭！”居然碎了，酒泼得两人身上到处都是。“哈！哈！哈！”他们都大笑起来，给对方来个熊抱，然后又都大哭起来，好像彼此有说不出的委屈和痛苦。

眼泪哭干了还会再来，朋友走了还会再见吗？两人这样紧紧抱在一起，许久才分开，洛云拿着酒瓶，摇晃着走了。李文深深叹了口气，头晕得厉害，突然想到手机，掏出一看，上面有一条新消息，李文觉得心跳加速，会是什么样的内容呢？打开一看，上面写着：“好，我们十点半教学楼大平台上见吧。”李文一阵狂喜，她答应了！答应了！至少是个好的开始啊！于是抬起头，往小艾的方向看去，却见她低着头，好像在故意躲避他的目光。

李文不再喝酒了，再有人找他过来干杯，他就先喝下去，再吐到毛巾上，反正大家都喝得稀里糊涂，没有人注意他的小动作。就这样，终于喝到服务员请大家离场，九点钟，酒店要打烊了，大家这才相互搀扶着醉醺醺地往宿舍走去。

快到女生宿舍前，大家相互道别，洛云突然对小艾说："小艾，我有几句话想对你说，我们再走走吧。"大家马上起哄，吵着问要说什么？小艾有点脸红，许是喝了酒的缘故，点了点头，两人并肩向反方向走去。男生把女生送进宿舍的大门，晃悠悠着往回走去。

李文刚才狂喜的心瞬间降到冰点，心头惴惴不安，不知道小艾是否会答应？如果答应，她还会赴约吗？如果不答应，自己这次一定不会放弃，一定会向她表白，表白？该怎么表白？李文头疼得厉害，是不是就趁着酒性，一把抓住她的手，然后大声地告诉她？这是不是太鲁莽了？李文看着灯下树枝上停落的乌鸦，他想如果自己数三秒它还在，那么他就用这个方法，这个念头刚有，"哇"一声怪叫，它扑啦啦飞走了。

回到寝室，大家都围在一起说着胡话，有人坐在楼道的地上打着电话，边打边哭，有人叫嚷着还要去喝酒，这时候就听到楼道里一阵踉踉跄跄的脚步声，接着就看到洛云走到了门口，悲声说道："她拒绝了我，她拒绝了我！"看着他那悲伤欲绝的样子，李文的心头百味杂陈，想上去安慰，但自己说什么呢？这不正是自己的机会吗？李文心头火热，他觉得没有办法在这里待下去了，他要出门，他要出门，让夜风吹拂，让新鲜的空气包围……

洛云一把抓住他的肩，如同一头受伤的野兽，大声叫道："是不是兄弟？是不是兄弟？我们再去喝酒，去喝酒！"

"好！走，我们买酒去！"大家的情绪一下子点燃了，不由分说地往小卖部走去。

又买了两箱酒，大宏说："走，我们去女生宿舍门口的亭子里喝去！"大家叫嚷着，歪斜着，搀扶着走去，李文只好架着洛云前行。到了女生门前的亭子，大家席地而坐，人手一瓶，李文没有拿，说："我实在不行了，你们先喝吧，我要吐了。"洛云将一瓶啤酒打开，送到他的面前，双目赤红，说："我敬你一杯，你该最理解我的苦，我希望我们永远是兄弟，如果是，你就喝了！"说完拿起自己的酒瓶，一仰脖子，灌了进去。李文心头一热，说："好！我们永远是朋友！"说着也一仰而尽。洛云又递上一瓶，说："这第二瓶，我祝你如愿以偿，曾做过的，我不后悔，永远不后悔！”说完又是一仰而尽。李文好像明白了他说的什么意思，也咕噜咕噜灌了下去。

这时候，老邱突然对着女生宿舍大声唱起了歌，有若哭号，大家听了，都跟着唱了起来，是郑钧的那首《灰姑娘》：

怎么会迷上你，我在问自己。
我什么都能放弃，居然今天难离去。
你并不美丽，但是你可爱至极。
哎呀灰姑娘，我的灰姑娘。

我总在伤你的心，我总是很残忍。
我让你别当真，因为我不敢相信。
你如此美丽，而且你可爱至极。
哎呀灰姑娘，我的灰姑娘。

也许你不曾想到我的心会疼。
如果这是梦，我愿长醉不愿醒。
我曾经忍耐，我如此等待。

也许再等你到来，也许再等你到来。

老邱就这样带着大家唱起了歌，天空中突然飘起了雨，如同水浇在了油上，大家大声号叫起来。洛云一次次找着李文喝酒，李文觉得自己头晕得厉害，看着女生宿舍的那扇明亮的窗户，洛云又递上一瓶酒："来，为了我们的姑娘！""对，为了姑娘！"李文心中闪过那个倩影，一饮而尽，就什么也不知道了。

等他有知觉的时候，已经是第二天早上的十点半了，他发现自己躺在宿舍的床上，自己怎么回来的？不知道，头痛欲裂，啊，手机！他摸了一下口袋，还在，颤抖着打开，有两个未接来电，头痛欲裂，自己怎么会这么愚蠢？！这么愚蠢？！喝酒能喝成这样？！他的力量仿佛被抽光了，又瘫倒在床上。

下午的时候，李文听说小艾这天早上一大早已经离校了，心头又是一阵绞痛，其间他拨了几次那个已经在心中熟透了的电话号码，她都没接，是没有听到？而他要解释，解释什么？因为喝多酒？这个理由是多么苍白与让人厌恶！也许她已经知道他的理由，而不愿意接听，是啊，换做自己是她，也不会接受吧。她要原谅什么呢？是说"哦，没事，喝多总是难免的”。还是来几句轻轻的责备。他们之间的关系若有若无，如同山涧中的薄雾，还需要天时地利的帮助，只有在特定时候才能说出特定的话，而昨天他错过了，也许就是一辈子了。

接着是洛云和大宏他们离校，大家在宿舍楼下集合，将他们送上了路。就这样过了两天，宿舍里的同学几乎都走光了，经济也要走了，对大家说，大家不要送他了，他受不了那气氛，明天一早自己就走。

第二天早上，天麻麻亮，李文不知怎么醒了，听到宿舍里一阵阵窸窸窣窣的声音，他知道这是经济在起床，他想爬起来送他，又忍住了，既然他不想人送，那就尊重他的决定吧。过了一会儿，他听到拉杆箱的声音，接着听到吱一声门被打开了，过了许久许久，门才轻轻地被关上。他再也忍不住了，坐了起来，看到四周几乎都空了的床铺，快步走到窗口，推开窗，正看见经济瘦小的身影，拉着大大的箱子，上面还横放着卷起来的凉席，正从窗下走过，他没有抬头。李文的眼泪流了下来……

也到了自己该离开的时候了吧！李文想，这个宿舍，这条走廊，昨天，就是昨天还是那么人声鼎沸，现在却已经是空无一人，走廊里还散落着纸屑、空酒瓶、废弃的箱子、丢弃的书籍、抛弃的床单被套。前几天，就是在前几天，它们还整齐地摆放在应该在的地方，而现在，已经成了没人要的垃圾。李文环顾了一下四周，这里有多少他们的回忆啊！那些爽朗的笑声，那些激荡的歌声，那些激烈的打闹声，如今，都已经消失了。

他还记得大学第一天来到这间宿舍的时候，就看见老邱光着膀子在拿抹布擦床板、铺席子，看见他笑了笑，手在牛仔裤上擦了擦，向他伸过来。不一会儿洛云也来了，很热情地向他们打着招呼，最后是经济，他当时还有点拘谨呢。然后大家相互熟悉，相互讨厌，相互习惯，相互依赖，却在最离不开的时候相互分离。他想起了那一夜一夜的卧谈会，大家谈论班上的女生，谈论国家大事，谈论市井流言，谈论妖魔鬼怪，谈论足球篮球，谈论各自的过去，谈论将来的理想，谈论梦想有多远，谈论梦想渐渐变远，谈论新一届的女生，谈论上一届的男生，谈论食堂里难吃的饭菜，谈论游戏的通关秘籍，谈论第二天考试的内容，谈论一切的一切，如今的如今呢？

让我再看看这心爱的校园吧，他想，刚打开门，听到身后传来老邱的声音："文啊，再见！"原来老邱宿醉醒了，他没有转过头去，说道："我出去走走，待会儿见！"

他走出宿舍，空气中满是离别的味道，不时可以看到人群在挥手告别，他们在向自己的同学告别，在向自己的青春说再见。这桃花岛，这教学楼，这大操场，留下过多少、多少的回忆，蝉声叫得愈盛，他就觉得这校园愈安静，好像时间都静止了，就静止在这离别的一刻。他想把这一切都收进自己的行囊，他想告诉未来自己是多么的富有，他多么想一切从头再来，他一定会不再犹犹豫豫，不再空度时光，一定会鼓足勇气，用尽力气去追寻自己的梦。他多想回到梦开始的那天，夕阳是那样美丽，她在夕阳下是那么忧伤。他就这么走着，在盛夏的午后，耳边响起了那首《冬季校园》：

我亲爱的兄弟，
陪我逛逛这冬季的校园。
给我讲讲，
那漂亮的女生，白发的先生。
趁现在，没有人，也没有风。

我离开的时候，
也像现在一般落叶萧瑟。

也像现在，有漂亮的女生，白发的先生。

几个爱情诗人，几个流浪歌手。

记得校门口的酒馆里，

也经常有人大声哭泣。

黑漆漆的树林里，

有人叹息。

那宿舍里的录音机也天天放着爱你爱你。

可是每到假期，

你们都仓皇离去。

这冬季的校园，

也像往日一般安详宁静。

也像往日，

有漂亮的女生，白发的先生。

只是再没有人来，

唱往日的歌。

等他再次回到寝室的时候，除了他，真正空无一人了。

10

每个城市都有自己的面孔，每个人的心中都有属于自己的这个城市的面孔。浓妆淡抹也好，鹤发童颜也罢，都是心头那绕不去的水印，在岁月这张泛黄的信笺上，似水流年，晕染如初。这面孔，平时的感觉却是浅淡的，只有在旅程中，或风尘仆仆或悠闲自得，当脚步踏出火车门的一刻；当随着远行的客车埋没进滚滚人流的闹市中；当眼光穿过窗口，随机身如笨拙的肥鸟盘旋即将降落时；当跨出深深长长的地铁，准备抬头呼吸生机勃勃的空气时，那蓦然闯入眼帘的撞击，就是最初的面孔。

或许是一见钟情，或许是不屑一顾，但这也提醒起我们埋藏在心底的那个城市的容颜，她不仅存在过，而且一直都在，随着我们的变老，也悄然变幻着，那最初的蓦然回首，是否也如今天这般，心潮澎湃或波澜不惊？哦，这都不要紧，那可能是无数个城市叠加的幻影，也可能就是故乡的翻版，但总是属于自己的，是心头的罗盘，是出发的起点，是永远在变，却从未改变的坐标。

是的，每一张面孔在离别之后，再会之前才会渐渐成像，模糊惆怅。而在这个城市的分分秒秒，时时刻刻，尘归尘，土归土，这印象，就算有，也是细屑而僵硬，是形而上的僵尸，是手心上的黑痣。在某些冰冷的时候，迷路的瞬间，她还会露出嘲笑的表情，告诉我们有多无奈，谁让我们选择这里的呢？

是啊！为什么选择这里？洛云笑了，有很多理由，却好像都不是好的理由。是因为这个城市的面孔在大部分人心目中代表着光鲜和华丽？这里有全中国最繁华的地段、最时尚的品牌店、最昂贵的写字楼、最有情调的酒吧、最优雅的魅惑、最绚丽的灯火，有最白的白、最黑的黑、最灰的灰，所以，这里也有最多的机会。至少大家都是这么说的，但是，也许来这里，不是因为这个城市的面孔，而是那个熟悉的面容吧？或者，这只是最浪漫的理由，最漂亮的托词，自己来了，就是来了，当初的动机也许很复杂，也许很简单，就这样了，又能怎样，这也许就是当初自己想要的生活。

雨水如梦，铺天盖地，笼罩万物，此时此刻，洛云开着车，等着红灯转绿的瞬间，恍如隔世。两年了，他来到这个城市两年了，努力打拼，外贸做得还算有声有色，他用积蓄买了辆车，而不是像其他人那样攒钱买房，或许因为他觉得这个过程漫漫无期，或许他感觉在这个城市没有找到应有的归属感，他总是觉得有一天，自己终究要离开，但不是一个人，而是和她一起。

绵密的雨珠滚落在挡风玻璃与车盖上，溅起即坠落，化为一缕热气，消失于无间，数以万计的水珠前赴后继，有氤氲一片的气势。这种情景坚实而温润，或许它们是无意的，只是燥热的钢板打扰了它们的方向，在它们的命定中起了小小的波澜，化作最后一道为他所知的风景，有着说不出的洒脱。

是不是洒脱的背后就是无情？若说它无情，为何又能唤醒我们的眼睛？如此这般，雨水应该是无比的真实，真实到怯弱。当红灯转绿，汽车前行，它们就跌落在无尽的柏油路面，它们不会有羽化成仙的时刻，只会随着这个城市的下水系统，消失于污浊。然后再有无数的雨滴追随它们之前的脚步，却被启动后的雨刮器无情地撇到空气的边缘，没入风的大口呼吸中。可是，不是所有的人都会注意到它们这几近瞬间的生活气息，他们会意识到它们的存在，只是因为雨刮器的左右摇摆，因为今天路况不好，因为下车后要撑伞，因为泥水将他们的鞋子弄脏，因为抱怨昨天刚洗了车子结果白洗了，因为车内广播里滚动的天气预报。然而，他们意识到的偏离了雨水的本身，他们对此也毫无兴趣，谁会对刚刚轻轻叩击车窗的雨滴多愁善感呢？

对于他们而言，是的，对于芸芸众生而言，雨水的本质是不存在的，哦，芸芸众生，难道我们自己不是其中的一员吗？本质？从来就没有所谓的本质吧。在这样的街头巷尾，抬头望去，环球金融中心在雨中只能看到半截，半截入土？不，是在空中。在混沌的雨中，这是个城市森林，有如仙境与鬼蜮的混合体！我们都活生生的在这里面，也许只有在这片森林的最高处，才能俯瞰众生，才能不用被称为众生？这就是人们毕生追求的吧。

他们感受到的是切身的麻烦与舒适，而对于事物本身却选择遗忘或从来也没有想起过。事物本身是什么？追问本身就是个巨大的错误吧。这个世界之于我们，早就不是由一个一个物组成的，而是由一丝一缕的物欲构造，而操控这些物欲的，是一个个的符号之网。这张大网，譬如时尚，不断创造出标新立异的符号，不断地重复与循环对于美的虚妄，在同质化中追求多元，在多元中建立同质，手段与目的矛盾得天衣无缝，消解了真正的创造与背叛。

譬如消费，有的阶层早已不再考虑生活的真正需求，因为法则就是只有底层才会考虑这些，如果想成为一个高尚的阶层，那么就需要关注更有品位的生活，而消费就赐予了这种流动性，虚假的民主性，占据了物体背后的符号就拥有了这个世界，而这个世界需要的是对于生活小打小闹的情绪，而不是揭竿而起的背叛。

如果我们相信手段与目的可以背道而驰而又能从一而终，就如同我们冀望于孔雀东南飞后还能碧海情空夜夜心，那么这个世界终究会体现出我们想要的一种和谐。

或许“他”，譬如存在于另一个世界的洛云，这个世界杳无音信的李文，就能看到这雨滴的快乐与伤悲，真正体会到了它们的存在，因为“他”不用眼睛观察这个世界，这只是“他”的南柯一梦，只有在梦中才能冲破这藩篱，在俗世中“他”必须安顿于这种和谐。且慢！这是一种潜在的优越感在作祟？是觉得和别人不一样的吗？是的，这些该死的概念！那些虚假的符号！刚才那些虚无的言论，只是一场自我作秀吧！还顾影自怜呢，它们在炼化了现实之后就成了一具具僵尸，画皮，还在勾引如“他”这般的王生们。

雨滴的消失如同故事，我们的消失却是事故。也许，我们之于真正世界的问题就在于我们构建了一个只属于我们的虚假的世界，在这个空间里，我们本身就是自己的上帝，却不愿意明晰这一点，因为这个世界也需要运动起来，如果知道了第一因确切的存在，那么一切就会烟消云散。在这个世界里，我们的身体贡献了光与热，我们的呼吸就是氧气的来源，我们的叹气与哭泣就是大自然的雨雪纷飞，而且，我们把我们每个人当成了真实世界的一个种族，在这个符号体系内，需要的时候我们的微小化为宏大的记述，不需要的时候，我们的死活幻化为数字。

也许康德说的对，我们无法对于事物本身只能感知而无法真正认知。细雨绵绵，大雨纷纷，渐渐都映照在洛云车窗的挡风玻璃上，所有实质的、虚幻的，都如同这面玻璃窗，他可以选择从这面透过透明看到车外，其实也看到了自己的影子；窗户与玻璃在此刻融合了，所有的不如意与麻木都来自于主体与客体的分离，非此即彼的立场与定义：笛卡儿确定了物我的分离，贝克莱认定事物本身的虚无，斯宾诺莎宣示了物的一统，康德明示了物的界限，黑格尔恢弘了物的运动，胡塞尔搁置物的联系，海德格尔提醒了物的存在，维特根斯坦厘清了描述物的概念，我们芸芸大众浑浑噩噩，无所畏惧只因没有什么值得畏惧。

也许老庄是幸运的，早在千年之前就幻化成那只最美的蝴蝶，只是在点到即止的时刻点到即止，才能不被自我的思维困住了语言，而让语言在拒绝概念化的思辨后成蝶，变成了诗歌翩翩起舞，用几千年思想的贫瘠换取几千年心灵的安静，这就是最大的丰饶吧。

以上的玄思与他无关，他只是有一种倦怠的感觉，这打在窗上的雨滴有意义吗？视线被模糊，又被擦拭干净，视线中的这个城市在模糊与清晰之间不停地变换，机械地变换着。

洛云刚刚想到几个星期前在小艾家看到的小小盆栽，叫“迷迭森林”，三寸见方的土地上满是密密的厚实绿色，她说这是火龙果的幼苗，当然它们永远也长不成一棵棵火龙果树了，只能在这里做着前世今生的梦，等待每周主人洒水，恍若潮湿雨林中的偶尔甘霖。它们也如这雨水这般细密，只是多了一点倔强，少了一点洒脱，或许因为它们还有一颗与它们的主人一样湿润的心。

上海，伤害，注定是这样的吗？洛云心中闪过这样的念头，但又摇摇头，他特有的自信和活力又回归了。洛云对于这个城市，原本有相当好的期待，那纸醉金迷的上海滩，百乐门歌舞厅，万国建筑博物馆。老弄堂里俯首可拾和把玩的掌故，在那些小巷中，也许遇到一位阿婆阿公，就会告诉你，他的邻居家就住着张爱玲或谁谁的后人；随便推开一扇吱吱呀呀的门，也许就是胡蝶或阮玲玉的故居；那闹中取静的小洋房，也许就是赫赫有名的周公馆、白公馆、某某人的大公馆。还有车如流水马如龙的南京路，以及现代气派的陆家嘴，高耸入云的摩天大楼，这些这些，已经给还没来到这座城市的洛云心中编织起了玫瑰色的梦呢。他以为自己可随便花些时间，也许是哪个天晴的上午，就这样漫无目的的在老弄堂里穿梭、徜徉，或者在黄浦江边，在夜风中伫立到夜半时分。

可是，到现在为止，他的双脚还没有和浪漫邂逅。他去过黄浦江，但那天风大雨大，他站了十五分钟，就匆匆离开，那个时候正是黄浦江边改造，他感觉从一个硕大的工地穿过。他也很多次路过繁华的南京路，当时已是华灯初上，路两旁的树上挂满了紫色的小灯，好一条晶莹剔透又魅惑的街道，他在那一霎间想到了香榭丽舍大道，虽然他从来不曾去过，但应该都是这样的繁华与陌生吧，他在短暂的眩晕与赞叹之后，肯定了这不是属于他的世界，如果让他选择，他宁可现在站在一条山间小路上，空气中满是植物的味道，他的目标很简单，就是不远处的山顶。

只有一次，他曾沉浸在这个城市的一个角落，那是有一次路过徐光启的墓，天热得很，他信步而入，正撞见了那满眼的古朴深重，郁郁葱葱。他看见雕工精细的牌坊、古朴雅致的石桥、墨绿的流水、阴凉的树荫，踱步而前，青草依依的坟头前，石碑上刻着“明徐光启墓”，简单肃穆。就在这闹市中的闹市，有着最简单的简单，这份简单与安静，不来自于孩童的天真浪漫，而是历经风霜后的沉淀，是厚重历史的积压，一层层，一片片，最后化成了石碑上的那点冰凉，沉浸入它面前人的五脏六腑。

愿我会揸火箭带你到天空去，
在太空中两人住。
活到一千岁都一般心醉，
有你在身边多乐趣，
共你双双对好得尺好得意。
地暗天昏当闲事，
就算翻风雨只需睇到你，
似见阳光千万里……

这是他的手机铃声，他喜欢这首粤语歌，很窝心的感觉。虽然此时还在开车，但是他还是下意识地把手机拿起来，眼睛瞟了一眼，啊，是她打来的，马小艾。他倒是经常联系她，常常电话过去嘘寒问暖，聊天说笑，周末的时候也会约她出来吃吃饭，看看电影。他曾不止一次表示对她的心意，但她总是轻描淡写的忽略掉，而他也知道她的心意，但自己有什么办法呢，放弃？放弃什么？从来没得到过，何来放弃啊？所以，他也莫名其妙地接受了和她的关系，朋友，很好的朋友，很纯粹的好朋友，他有时候能感觉到内心的澎湃与无奈，但是，没有地火，天雷再响，除了震晕自己，又有什么功效？

她很少主动联系他，所以明知道不应该，虽然在高架上，他还是放慢车速，一只手按下接听按钮，他怎么能忍受自己明知是她而不接电话呢？在他的意识中，那份焦灼比现在单手开车危险得多。所以，只要允许，他断然不会让这个对话听起来和平时有何异样，就这样一直聊下去，无论自己是在开车还是走路，还是在做任何其他事情。

“喂？小艾？”

电话那头却没有出现熟悉的轻快回音，而是一阵短暂沉默。

“喂？”

“洛云，有件事情想问问你能不能帮上忙？”这熟悉的声音有点低沉。

“没问题，什么事情，说吧！”

又是一阵沉默：“是这样的……对了，你现在听电话方便吗？”

“没事，这样吧，你在家吗？我正在开车，待会儿刚好要路过你那，要不我去找你，你说呢？”洛云听出了她语气中的犹豫与游离。

“嗯，我在家，你待会儿过来吧。”小艾的语气有点迟疑，但毕竟还是答应了。

挂了电话，洛云在前一个路口转弯掉头，向小艾家的方向开去。这时候，雨突然停了，居然有阳光洒落下来，车窗外的景色也被金黄色包围，在连日阴雨后，在这冰冷的初冬里，这温暖是多么可贵，它抚摸着车的金属外壳以及窗外的钢筋水泥和玻璃，这万物，无论有无生命，都应当感谢这上苍的恩赐。在那些枯黄的枝叶上，这金黄色的光，不是对于枯败生命的审判，而是安慰苦难的弥撒，以及重生的光亮。

而这种种，洛云无心觉察，他感到阴冷后的温暖，而这温暖，不属于他自己，而是那窗外的世界。在此时此刻，这个世界是与他分离的，他的心中只有一个疑问："小艾啊，到底发生了什么事情？"

11

门开了，小艾的脸色不是太好，有点苍白，也许是周末没有化妆的缘故吧，看到是洛云，轻轻地说："进来吧。"

这是一室一厅的小屋子，洛云来过很多次，最初还是他帮着她找的，装修简单、干净，离小艾的公司近。房东人也不错，两年了，没涨过房租，房东属于成功人士，在上海有好几套房子，所以也不会在乎这点钱。有一次电灯坏了，换了灯泡也不亮，小艾打电话让房东找人修，没想到他自己倒上门了，而且带了一箱子工具，三下五除二就修好了。他说自己就是电路工程出身，今天总算让他碰到机会重拾老本行了，可是问题太小，大有杀鸡用牛刀的遗憾。小艾觉得男人就应该这样，会修电器，会捣鼓小设备，家里东西坏了，从抽屉旮旯里掏出一根保险丝就能装上。如果有一个装满各种电器零件的工具箱就更棒了，那是专属男人的百宝箱、魔术盒，总能化腐朽为神奇，这才是男人之为男人的理由，要不然一个家里要男人做什么？她曾经把这个感慨告诉过洛云，洛云夸张地说怎么那天不找他来修？这点小事情，他手到擒来啊，没来露一手真是太遗憾了。

“我打电话给你，就是想问问你在上海的医院里认识人吗？我记得你以前说过你哪个亲戚在什么医院工作的。”小艾直接问道。

“是我一个舅妈，以前在上海一家医院里当护士。不过她早就退休了，怎么了？”

“退休了？没什么，我就是想咨询一些情况。”小艾明显有点失望。

“到底什么事？有什么事说给我听听吧。”

沉默。

洛云发现小艾的眼睛有点红了，她深呼吸了一口气，说道：“今天早上，我妈打电话给我，说前些日子胃疼，实在挨不住了就去医院查了一下，昨天CT结果出来了，可能不好，说有一个阴影……”小艾想起早上那个电话，妈妈的语气还是那样平静，好像在诉说一件与己无关的事。她当时一听脑袋就懵了，眼泪也止不住往下掉，但还要让自己的声音没有异样，这样妈妈听了才不会难过。现在，她一说这事情，眼泪就又流了下来，洛云连忙拿起桌上的纸巾，递了过去，安慰道："没事，没事，这种事情很容易误诊的，而且，你们那地方，医疗条件差，又是小医院，很不准的。"

"是啊，我也是这么想的，所以我让她到上海来复查。所以想问问你有没有什么熟人，了解一下情况，去哪里最好？"

"行，我去找熟人问问，你不要着急，我觉得这事情没你想的那么糟糕，一切还都没定呢。"

"洛云？"

"怎么了？"

"我想一个人待一会儿。"小艾说道。

"那我先回去了，你一个人没事吧？"

"没事的，放心吧。"

门关上了，眼泪又溢了出来，小艾也不知道为什么有这么多眼泪，但总觉得很难过，很难过。在洛云来之前，她已经打了好几个朋友的电话，问有没有人在上海的医院认识人，可惜都没有直接的关系，他们也都劝自己不要太伤心，一定要到大医院才能确诊。这些她都是知道的，但是一想到远在千里之外的妈妈，眼泪就不听自己的话了。

想到自从记事起，妈妈从来都是一个人忙前忙后，特别是开了个小超市之后，附带一个早点铺，更是从早上五点不到就要起床忙活，一直到每天十点才打烊收工。午餐，晚餐就吃些早上剩下的早点。这么多年了，自己都没有帮上任何忙，每年也只能回家两次，自己还想着在上海有固定住所了就把她接过来，但是妈妈总说现在还不是时候，说自己住不惯这样的大城市，连个说话的人都没有。她知道妈妈年纪这么大了还拼命赚钱是为了能让她在上海早日有个属于自己的家，妈妈觉得只有这样生活才能过得踏实一点，否则就像浮萍一样，一阵风就能吹走。

她有时候就和妈妈说，自己要回老家工作，这样就能天天回家了。妈妈总是很不高兴，说吃这么多苦不就是为了出来嘛，怎么出来了反而要回去呢？等你以后有出息了，在上海也给我买套房子，我就住过去。没想到，老天这么爱开玩笑，真希望这只是一个玩笑啊！如果可以，她愿意用任何来交换！是啊，那么小的医院，做不得准的，对，一定是这样……

小艾靠在沙发上，脑子里有千百个念头，但自己却一个也不想要，只希望是一片空白也好！就这样迷迷糊糊，昏昏沉沉，也不知道过了多久，手机铃声突然响了，她惊得突然从沙发上坐起来，不会家里又出了什么事吧？还好，是洛云打过来的。

“你现在还好吧？”她听出了声音中的关心。

“还好，我没事。”

“对了，我刚才打电话给我那个舅妈了，她退休好几年了，医院里也没什么熟悉的人。不过她说查这种病，最好的肯定是肿瘤专科医院，我想要不你让阿姨赶紧过来？我帮你去挂号，这事可耽搁不得，我这里再帮你问问朋友同事看有没有熟悉的人。”

“嗯，谢谢你啊！”

“谢我干什么？你没事就好，放宽心吧，我刚才上网查了一下，这个光做CT，还是有很大误差的。”

“真的？那我也去了解了解。”

“好，拜拜！”

小艾的心里一下子好像安定了下来。是啊，这条信息对于她而言可能就是救命的稻草，人只要相信什么，有个盼头，就要好过很多。于是，她这才发现，天已经黑了下来，没有开灯，周围都笼罩在灰色中，有光，那是因为残留的天光和透进来的灯光，四周也不是很安静，她听到了楼下水果摊前的叫卖声，路过的车声人声，路口的红绿灯由红转黄转绿声，这个也有声音？有的。所有的声音混杂在一起，小艾突然觉得自己在慢慢苏醒过来，对，一切都还不一定呢，自己还有很多事要做。她看到客厅的冰箱上摆放的一排毛绒玩具，有小猫、小狗、小猪、小羊，这些都是洛云送给她的，她觉得它们都很可爱，它们也会保佑妈妈的，不是吗？

那天晚上，洛云除了上网查资料，也打了几个电话给熟识的朋友，但是他们在上海医院都没有直接的关系。洛云突然想到了大宏，他知道他父亲在省委工作，可能会有门路。但是，他一毕业就到澳大利亚留学了，不知道还有没有回国？所以，他试着去拨打他以前的那个号码。

电话通了，片刻之后耳朵里又响起了熟悉的大嗓门："洛云，是你吗？哈哈，好久没打我电话了啊！"

"你怎么还是那么大嗓门，学成归国啦？"

"去年就回来了！怎么样？你还在上海？"

"是啊，大宏，想问你个事情……"洛云一五一十地将小艾妈妈的事情说了一遍。

片刻之后，大宏的声音传来："这么说吧，如果是在我这里的医院帮忙打招呼，那应该没有问题，但是上海的，你知道，毕竟不在自己地盘上，恐怕难度不小。这样吧，我问问试试。"

“行，你帮我留心一下这事！大宏，最近怎么样？回来后在哪里潇洒？”

“我考公务员了。”

“不会吧，在哪里高就？妇联？还是计生委？”洛云真没想到大宏这性格会去考公务员。

“哈哈，你又来拿我开涮了！我现在在省委办公厅打杂。”

“牛，很牛嘛！”洛云赞叹道，这倒真是发自肺腑。

“牛啥啊，成天就干些杂活，忙得时候和狗一样，闲得时候和猪一样。”

“那我们这些升斗小民还真是猪狗不如啊，哈哈，不过大宏，怎么想起来走这条路？”

“洛云，说实话吧，我本来也没有这打算，但是家里人说，有这方面关系不利用，不就白白浪费了？我想想也有道理，你也知道，我胸无大志，所以就从良了。大四的时候，找系里书记办了个入党，然后出国镀了下金，回来后就报考了公务员。洛云，我看你也不如回来吧，你说你家也在这，家里关系都在这，我们这些兄弟也好照应，哪里像在上海那儿举目无亲，这世道，还是要讲些实惠啊，你说对不对？”

洛云没有答话，许久才笑道：“我好好考虑考虑，先不说了，不管怎么样，回去了要请我吃饭啊！”

“那没问题，肯定管吃饱，吃好！”

第二天清晨，小艾还在洗漱，就又接到洛云的电话，是关心她的。上午的时候，她就打电话给妈妈，让她马上买车票来上海，说这边医院都安排好了，不要犹豫了。其实，哪里安排好了？但是，洛云说先不要干等其他人的消息，等阿姨一来他就帮忙排队挂专家号，先做检查。

这天一早，四点多钟，洛云就起床了，他马上要去肿瘤医院排队挂号。他早就在网上了解了，刘金秋，是肿瘤科最有名的主任医生，他的特需门诊早就预约到了几个月后，而如果要挂他的普通专家号，若没有熟人，那只有早起去干等碰运气。

胡乱吃了点面包，他出门了，天还漆黑漆黑的，风一吹，是彻骨的寒！他明显低估了这初冬半夜的冷，穿得单薄，哈一口气，一片白雾。还好有车，洛云心中暗自庆幸。一路上车很少，看来这个城市还在睡梦中，也许才刚刚睡去没多久。洛云记得有一次夜里开车去火车站接人，已经快到十二点了，高架上还是车水马龙，火车晚点，接到人已经一点多了，回去的时候路过衡山路，还堵了一会儿车。当时，狭长的小马路上挤满了各式豪车，洛云开着车往前挪着，他当时一点也不担心被碰擦，因为前后左右都是高档车，他们补个漆够得上自己小半部车的钱了吧。而现在，则没有了这样的麻烦，马路上空空荡荡，洛云觉得这才是这座城市最美的时候，至少是最真实的时候，犹如那卸了妆睡去的女子。

他先开出自己的小区，路边的大排档也已经打烊了，地上还残留着酒瓶纸屑，一阵风吹来，有酒瓶倒地的叮当当回音不绝，伴随着枯叶在随风飞舞，如同孤独舞者的最后一首伴奏曲。而这不是音乐，远没有音乐的动听，是活生生的生活与自然的伴舞，它一定在传说着什么，但是，所有的诗意都无法表达，无力表达，这让他感到一阵莫名的凄凉，这就是繁华背后吗？这就是生活本身吗？洛云不知道，也不想知道，只把车内的空调打得更大点，加速前进。

不久，车很快掠过南浦大桥，右手远方是一片钢筋森林，在黑暗中，可以看到密密麻麻的更深的黑影，那就是这座城市的骄傲轮廓。木秀于林的是环球金融中心和金茂，特别是前者粗大身体的顶端那个巨大的方洞，滑稽得可敬可佩，如同一个硕大无比的开瓶起子，但只能撬开啤酒盖，而不是香槟。黑暗轮廓中有片片灯光，烘托着这个寂寞的王座，这个冒险家的孤岛，其中悄无声息，但洋溢着野性的美，如同亚马逊丛林，这里的法则才是世界的法则，男人的法则，有谁不想站在这片森林的最高点，俯视万物匍匐，黄浦江蜿蜒避让？有多少个野心在这最黑暗的时候滋生发芽，将在阳光下开出波德莱尔的恶之花？

不远处，桥的边上，是密密麻麻的一幢幢小区住宅楼，他们仰视远方的高楼，膜拜当前的大桥，也安稳地睡去了，发出一阵阵轻微的鼾声。其中有些房间灯已经亮了，那是一只只已经睁开的眼睛，有的是刚睡醒，有的则是彻夜失眠。他们睡眼蒙眬地打量着这个世界，一切都是习以为常，司空见惯，每双眼睛的背后都是让人唏嘘的故事。只是窗帘一拉，眼帘一闭，外面的故事只能窥探、揣摩，在自家都是天大的事，到了别家只是下饭的闲谈佐料。久而久之，倦怠了、浑浊了、发黄了，眼白已不是当初的纯白，但还是要斜睨着这熟悉的黑暗，这已经熟透了的世界。

过了大桥，又开了十分钟就到了医院，天还没亮，但已经有灰白透出，熄火，打开车门，凉风卷入，洛云不禁打了一个冷战。接着就是一口冷气吸进五脏六腑，他看见医院门口已经排起了一条长队，他抬手看了下手表，这才几点？五点刚过，离八点开门还有三个小时，他不禁庆幸自己来得还算早，不然可真误了事。从队头走到队尾，洛云看大部分人都带了小板凳，身上裹着厚厚的衣服，手里拎着装CT片的白塑料袋，它们出自全国的不同医院。几乎所有人都低沉不语，也许是冻坏了，也许是不愿说话，在这里，如果灵魂可以行走，那也是匍匐前进了，为了不可知的未来与审判，有谁敢大声喧哗？

洛云走到队尾。这时，有个穿军大衣的中年男人走了过来，问道：“想要最前面的位置吗？”

“前面多少位？”

“第三位，前两位刚卖走。”

“多少钱？”

“两百。”男人回答道。

“这么贵啊，不用了，我自己排。”

“我说兄弟，你自己看看，前面这么多人，排到你都没号了，这样吧，我这还有个十几号的位置，便宜，你要给一百五。”

洛云目测了一下，这个队伍大概有一百多号人，分散到那么多专家门诊，排上应该没问题。于是说：“不用了，我自己排吧，我不信白来这么早了。”

“这样吧，一百怎么样？再便宜没有了。”

“不用了，我自己排。”那男人看洛云态度坚决，嘴里嘟哝了几句，放弃了洛云，又走向下一个目标。

就这么站了很久，洛云觉得似乎被冻僵了，哦，还有感觉，那说明还没被完全冻僵呢。即便如此，他的心却在火热地跳动，一点点凉意都不曾渗入，如果说有什么不良的情绪，那也是因为担心小艾，如果真有什么事情发生，她将怎么办？看着前面僵硬的队伍，这点担心带来的阴霾正悄悄长大，他对那种病从来没有直观的印象，身边也没有这样一个人患过这种病，直到刚才，看到那一张张沉默、阴沉的脸，他的心才慢慢沉下去。而心的火热，是因为他觉得自己正在做一件有意义的事情，是关乎到小艾的，自己正在为她做事，他觉得自己渴望能为她做事，做任何事情，任何微小的事情，而所有自己为她所做的事情，不都是如此微小吗？这仿佛才是他存在的意义与价值，而她知不知道，这又有什么区别吗？也许有一天，她会明白自己的心，不，其实她已经明白自己了，但是，这不是真正的明白，或明白真正的自己。那么什么才是真正的自己呢？是这个不知道为了什么却在这个城市拼命打拼的自己？是这个好像每天都想离开，却不知道哪里可以脱胎换骨的自己？

洛云摇了摇头，想赶走这些念头，虽然每次想起小艾的时候，嘴角总会扬起微笑，但不包括刚才这些让自己迷惑的心思。他突然想起了曾经的好朋友，李文，如果他在，该嘲笑并解析一番自己吧，可是他现在又在哪里呢？这么好的朋友，怎么就慢慢没了联系？也许，也许有一天心中的那份火热也会归于沉寂吧。也许自己会静静地走开，就像李文那样，与曾经眷恋的、用生命维护的那份爱说再见。但是，在这之前，在未来没来之前，他又有什么理由去怀疑，去犹豫呢？

天慢慢亮了，寒气一点点被驱散，路上的人开始多了起来，刚开始是各种早点摊子摆了出来，包子、煎饼、油条，离队伍不远处还有个馄饨摊子，热气腾腾，馄饨出锅时，白雾缭绕，香气袭人，这让洛云对坐在那儿吃大碗馄饨的食客嫉妒不已。在这个冰冷的早晨，在忙碌的一天的开始，能有这么一大碗来暖胃暖心，该是多大的奢侈啊！随着馄饨摊前几拨食客的来去，人、自行车、电动车、公交车、小汽车、豪华小汽车，都拥入医院前这不宽的街道，汇聚成流，缓慢地流淌。排队的人也开始交头接耳起来，时间等得太久，大家都有点焦躁了，而这苏醒过来的街道，也成了各种情绪蔓延的温床，对于憋屈了很久的人群而言，他们需要一个发泄的理由。所以，刚刚过来维持队伍的医院保安就成了突破口，他们要把这条打结起虬的曲线队列捋直，顿时，上海话夹杂着各色方言的叫骂声迭起，对于饿着肚子、心情郁闷的人们而言，谁也不是那只温顺的绵羊。突然间，队伍往前动了，医院开始放人进门诊大厅排队，洛云松了口气，总算有了盼头。

轮到洛云的号是三十号，他算了算，五分钟一个人，加上有关系插队的，找医生加号的，各色添乱的，也要三个小时了。于是洛云打电话给一直等着的小艾，告诉她排到号了，让她十点再带妈妈出门。

洛云以前也想过几次和小艾妈妈见面的场景，却怎么也没想到是在这样的场景下。小艾妈妈身形瘦削，面色蜡黄，不知道是因为平时的辛劳还是生病的原因。她的眉眼间倒是和小艾很像，同样的瓜子脸，修长的眉毛。洛云刚笑着说了句："阿姨好！"小艾妈妈连忙说："小张，谢谢你，谢谢你，这么早要你来排队，真是不好意思，多亏你了！多亏你了！"一边说，一边两手拉住洛云的手，紧紧握了起来。洛云做梦也没想到他见到小艾妈妈的第一个动作居然会是握手致意，但动作这样自然，好像本来就该如此这般。他感觉到那双手上传来的寒冷与苍老，还有老茧的厚度，他心中的某根弦好像被拨弄了一下，酸酸的，于是一个劲地说：“应该的，应该的，应该的。”

等轮到他们的时候，果然已经快到十一点了。这期间，洛云和小艾妈妈有说有笑，这让小艾放心了很多，洛云挑些有趣的事情和她妈妈说，从学校里讲到工作上，还有一些不知道从哪听来的奇闻逸事，还聊起了小艾的老家，也说了小艾不少好话，从他的嘴里说出来，小艾是一个既聪明又懂事，既孝顺又漂亮的小姑娘。有谁不爱听这些对于子女的夸奖呢？小艾看得出妈妈很高兴，好像忘了即将开始的诊断，这也让她对于洛云很是感激。

他们进去后，发现诊室里坐了三个人，刘主任带两个实习医生，其中一个负责电脑记录，一个负责放CT片。刘主任戴着金丝边眼镜，不多的头发在额头上梳得工整，白大褂里的衬衫上打着淡黄格子纹领带，人也显得精神。他应付着前面诊断完，却还舍不得离开座位，臀部与椅子保持将离不离姿势很久的老阿姨，细声细语、无比肯定地说：“放心吧，放心吧，这些都是正常反应，回去继续吃这药。”见患者还是絮叨着，于是嘴角微微翘起，眼神也灵动起来，凝结出严肃的笑容，说：“啊，听我的，肯定没问题！”还用手轻轻拍了拍患者撑着桌子的左手，这无疑给予了她莫大的鼓励与信心，终于离开了位子，一边收拾片子，一边点头不迭地说："谢谢主任，谢谢主任！"

刘主任却别过头，看着小艾母亲，和煦地问道："有什么问题啊？"

小艾妈妈忙一屁股坐在椅子上，满脸堆出谦卑的笑容，好像是说："不好意思，来麻烦您了！"说完病情后，刘主任就开始端详起挂在墙上的CT片，小艾、洛云心提到了嗓子眼，不知道等待的会是怎样的审判。

"这是谁写的诊断书？"刘主任指着CT报告单上的几行字问道。

"这是我们县医院的医生写的。"小艾妈妈说。

"武断，武断，这怎么就能确认为恶性肿瘤呢？"刘主任摇头说道，口气里满是对于同行的失望。

三个人顿时喜出望外，激动不已："啊！您看这不是？"

"不能这么说，只是通过这张CT难以确定，肿瘤肯定是肿瘤，但是良性还是恶性，都有可能。"他双眼离开了片子，给出了如此职业与肯定的答复。

"啊？那您看怎么办？"小艾妈妈问。

"这样吧，你先做个全面的检查，全身CT加骨扫描，结果要到后天才出来，你下周再过来看吧。"

“还要再做啊？这不是已经有了CT片子吗？”

“这种医院能和我们比吗？你看看，连诊断都这么不负责任，放心，放心，不会有什么大不了的事情，我们这儿治好出院的病人多了。”刘主任态度依旧很好，和颜悦色，这让小艾妈妈放心了不少。

“要到下周才能看啊？主任，能不能快点，您也知道，这病拖不得。”小艾小心问道。

“我每周只有一天出诊，这样吧，后天你CT出来了，挂当天医生的号也可以的。”

“不，不，我们下周再找您，麻烦您了主任！”小艾妈妈说。这个模棱两可的结果其实已经好过了她的预期，百分之百的死刑变成了百分之五十，而且还是缓期执行，这让她觉得女儿说得对，大医院，名医生就是不一样。

小艾下午陪着妈妈做各项检查，洛云要回去上班了，他主动坚持要求下周继续来排队，小艾妈妈直说不好意思，谢谢谢谢，让他有空到家里来吃饭，洛云说这周就不去麻烦小艾和妈妈了，等下周去完医院再去也不迟。

时间过得真快，但对于小艾而言，却是度日如年，刘主任的一番话让她有了希望，是啊，希望，多么好的东西！有了希望就好像拥有一切，好像注定的在劫难逃已经被推翻了，要不然何不直接的宣判？希望，又是多么残酷的东西！如果是注定，又哪里能逃得掉？在希望破灭之后，比从来没给过希望又要难过多少倍？给予了，若生生夺去了，情何以堪！如之奈何？

一周后。“单从CT上看，只能说恶性的可能性大一点。”刘主任说道。

“那怎么才能确定？”小艾妈妈有点失望，但她还来不及失望。

“这样吧，你们先住院吧，这个肯定是个小肿瘤，所以肯定要手术取出。”刘主任沉吟了半刻，说道。

“您的意思是，要手术？”小艾问。

“是的，那是肯定的，然后我们看即时的病理切片。放心吧，这个瘤很小，很简单。”

“那，怎么才能办住院手续呢？”

“我给你开张住院通知单，你拿到门诊那填好资料，然后等我们通知。”

“大概要等多长时间？”洛云问。

“这个不一定，有床位就快，没床位就要等，这个计算机系统统筹安排。放心吧，一般不会太久的。”

“那您知道现在有床位吗？”洛云问道。

“现在，现在还好吧，放心吧，回家安心等电话。”洛云体察到他眉毛轻蹙，露出藏好的一丝不耐烦，可能他每次都要面对这样的问题吧，于是不再多问，看着刘主任离座，对着旁边的实习医生说：“让下一个进来吧，我去一下洗手间。”

小艾他们只好一起出去。刘主任一出门，就被几个病人围住了，他连忙边走边说：“没事，没事，有问题挂号说，有问题挂号说。”

洛云突然对小艾说：“等等，我去一下就回来。”然后折回诊室，诚恳地对一个实习医生说：“张医生，不好意思，请问您知道一般要等多久才能住院？”他看到了这个医生胸前的铭牌。

“这个……大概要等三个星期吧。”

“有没有可能更快点，您也知道，这种病拖不起的。”

“这个……我就不清楚了，不属于我们管。”

“好的，谢谢你！”

“什么事？”小艾问从诊室跑过来的洛云。

“哦，我进去问了一下大概要多长时间才能住院。”

“多久？”小艾焦急地问道。

“那人说要等一个月。”

“那怎么办？”

“我估计应该有办法提前，我试试能不能找找人。”

“你认识人？”

“现在不认识，没事，这事就交给我吧，等也是等，你们就安心等吧。”洛云笑着对小艾和她妈妈说道，这笑容给人很踏实的感觉，让人无法拒绝。

第二天，洛云又请了半天假，一早就来到了医院。他直奔住院处，他知道今天刘主任不门诊，那么早上肯定会查房，可能会有机会碰到。

果然，洛云到了后，发现他正领着一帮医生查房呢，还没结束。他要做的就是耐心地等待刘主任查完房，看有没有单独接触的机会。

洛云就在走廊里站着，打量着。墙上有一张医生介绍表和照片，洛云凑过去，两个主任医生，两个副主任医生和四个主治医师，这就是这个科室的全部人才，上面还有每个人的资历和擅长的领域。他仔细浏览了一遍，不打无准备之仗吧，他心想。

突然，洛云听到一阵脚步声，是最后一个病房查房结束了，医生们正在回办公室。办公室是电子锁，要刷卡才能进，洛云早就勘察过了。刘金秋正和三两个医生一起往办公室走去。“真不巧，没有落单。”洛云心想，眼看他们就要刷卡进去了，洛云突然走过去，笑容满面地说：“刘主任，不好意思打扰了！”那两个医生刷卡进去了，留着他们站在门口。“你是？”刘金秋一脸疑惑，用手推了一下金丝边眼镜，显然不知道他是谁。

“我是昨天找您看病的家属，她叫李红芸。”

“哦，什么事？”刘金秋问，没什么表情。

“我想和您聊一下病人的情况，您有时间吗？就一会儿。”洛云心想，只要能和他一起进办公室，那么就有戏了。

“如果要问病情，那么就等我门诊，我还有其他事情！”说着他准备开门进去了。

没想到刘金秋这么铁面，洛云只好说：“对了，刘主任，那个住院的事情，能否和您去办公室谈一下？”

“不用了，等通知吧，我先走了。”说着，刘金秋迅速闪进门内，将洛云还没开口的话生生卡在了喉咙里。

“晦气！”洛云心想，好不容易逮到机会，哪知道这个刘金秋这么不好打理，连个机会也不给。怎么办？就这么回去了？看来只有这样吧。突然，洛云回头看到走廊上路过的病人，心中一动，有了主意。

他一一打量起路过的病人，这时，看到一位面容慈祥，腿脚也很利索的老奶奶走了过来。他迎了上去，问道：“老奶奶，不好意思打扰了，我是病人家属，能咨询一下您吗？”

老人打量了一下他，是个小伙子，看得出眼神里的焦急。“什么事？”她问道。

“哦，就是想问一下您，您知不知道每次住院是谁决定的？”

“这个肯定是医生们决定的啊！每次都是叫王梅的医生通知我住院的，她好像管这个事情，但肯定不是她一人能决定的，你看我，有时通知晚一点住，有时候又早一点，说不定的……”

洛云打断了老人的絮叨：“王梅？那个主治医生王梅？”他指了指旁边墙上的医生介绍表。

“是啊，就是她。”

洛云谢过老人，走向护士站，问王医生今天在不在，护士说今天没看见她，这可怎么办？看来只有先回去，下回再来碰运气钓鱼了。

洛云走向电梯，“叮！”倒没有等，电梯开了，一个中年女医生走了出来，洛云刚进去，突然又一个箭步冲了出来，倒把那个女医生吓了一跳。

“不好意思，不好意思，您是王医生吗？”刚才一个照面，洛云只觉得对方眼熟，进电梯的电光火石间，他突然意识到这就是医生照片上的王梅。

“我是，你是？”

“不好意思打扰了，我是李红芸的家属，她现在等着住院，可能在排队单上。”

“哦，对，我今早电脑上刚看到，是新加的。”

“对，对，我刚去拜会过刘大夫，他说这事您具体负责。”洛云瞥了一下四周，没有人。他迅速做了个决断，从包里拿出个信封，里面有两张交通卡。也许是因为用力太猛，也许是因为时间太紧，动作太大，鬼使神差，一张卡从没有封好口的信封里掉了出来，正落在王梅的脚下。

“糟糕！”暗叫一声，洛云正要上前一步去弯腰捡卡，王梅已经蹲下去，将它捡起。等她站起身，洛云不等她说话，把信封自然地递了过去，笑道：“不好意思，不好意思，一点心意，一点心意。”王梅看了一下四周，没有人，手拿着信封塞进白大褂的口袋，这时，又是“叮！”一声，电梯开了，有人出来。“侥幸，侥幸！”洛云长吁了口气，心想。他又微笑着说：“王医生，谢谢您，就不打扰您了，对了，您是治疗内科肿瘤这方面的专家，不知道方不方便留个电话给我？”“行。”王梅大方地拿出那个信封，把封口处的纸撕下来，写上手机号码，递给了洛云。

12

三天后，小艾接到了王医生通知住院的电话，这定是洛云的功劳，要不怎么会这么顺利？小艾心想。接着就是办理住院手续，正式住院，陪着妈妈做各种检查，等待手术排期。

这样的日子不好过。在妈妈面前，小艾要显得无比轻松，有说有笑，丝毫不能显示出一点的顾虑和焦急。妈妈也一样，在她面前也从不显露出难过和焦虑的情绪。小艾知道妈妈也是在隐藏内心的想法，不想让自己着急，有压力，每次想到这，想到未知的可能的苦难，她都更加忍不住要哭出来。所以有时候，她只好在洗手间里，或在打水的途中，钻进楼梯间的角落里，让自己放肆地想这些事情，眼泪掉下来，然后抹干净，继续一张笑脸出现在妈妈面前。

走廊里不时有病人走过，他们打着招呼，闲聊两句，还有互相的说笑声。他们戴着布帽，或遮住光头，穿着床单条纹装。在这里，像她这样一头长长青丝的，倒显得很扎眼，一看就是家属。

听到他们的笑声，她细细品味，心中更不是滋味，她要向他们致敬啊！人之为人，不就在于面对这种种困境的勇敢吗？即使如此，人生来就是来受苦的吗？那么多的病痛是因为什么？如果孤身一人，无牵无挂是不是这样的苦痛就会少很多？

人类如何来克服那具体的，深入骨髓的病痛？方法只有默默地坚持与承受吗？肉体的痛苦就如同那满弦的弓，宿命就是崩断？妈妈是特别能忍痛的人，小时候妈妈也经常胃痛，有时候半夜里，她惊醒后发现妈妈正蜷在床的一角，忍受病痛的折磨，被单已经被指甲掐出深深的一道痕迹，而今天，身体终有承受不了的一天。

有人讲究身体的快活，认为那就是幸福，如果这样，那么身体的痛苦必然就是最大的不幸了？还有人相信身体的自然朴素可以带来精神的愉悦升华。但是，那也是健康的身体，当我们不得不面对身体的不幸的时候，我们的身体就是自然给我们最大的恩赐，我们该如何自处？

所以，小艾站在这里，站在这个走廊上，这个应该无比安静的走道里，这个甚至屏蔽了手机信号的地方，她必须相信，有一种理念超越了自然，是先验的力量，是盘古开天以来就存在的，是与物质的存在并行不悖的，它才是人之为人的原因。尔曹身与名俱灭，不废江河万古流。身体消亡了，但精神永存。活着不仅仅是为了躯体的快活，而是为了精神的充实，空虚与焦虑是不幸的，我们的自由正在于可以超越这副皮囊，在追求至善，而不是至乐。

可是，这里的病人了解这些，知道这些吗？她的妈妈知道这些玄思吗？不，他们不知道，他们也不想知道这些东西，他们在这里生活，在有人的时候还能互相说笑；在没人的时候，还能坚强地面对孤独，他们为什么能够做到呢？他们没有提升到什么高贵的层次，这么做，是他们的本能！这不仅是人之为人，而是生命之为生命的理由啊！

正想着，一个熟悉的身影在走廊那头出现了，是洛云。

“你怎么来了，不是上班吗？”

“没事，中午休息，我不是有车吗？方便，顺便来看看。”

小艾知道，虽然有车，在这个偌大的城市里，来回一趟也谈不上方便。看着洛云略显黝黑，却很精神的面孔，一种感动涌上心头。是啊，这次多亏了他，要不是他帮着拿主意，找人，帮忙，她真不知道自己一个人在上海该怎么办？这几天他也常常过来陪妈妈说话，哄得妈妈直说这是个好小伙子。妈妈还总说他们之间肯定不止朋友这么简单，还说没必要瞒着她，不仅是朋友的话，她就更满意了。

想到这，小艾觉得有点不好意思了，她不知道自己脸有没有点红，于是赶紧用话岔开。“真谢谢你啊！”她也没想到自己脱口而出的是这几个轻轻的字，这也许就是自己此刻的心声吧。

“看你说的，这是我应该的。”洛云看对面的女孩刚才低下头，然后吐出的这几个字，心都酥了，他从来没觉得自己所做的值不值得，从来没想过，只是觉得自己应当如此去做，只要她能少些烦恼，自己无论做什么，也是值得的。

第二天就要做手术了，晚上小艾一个人回到了家，妈妈在医院，明早还要再进行检查，她说什么也不让小艾在医院陪夜，说让她回去睡个安稳觉，于是她只能自己回来了。

只觉自己浑浑噩噩洗漱完毕，就窝进了床。小艾只希望自己一觉睡醒已是明天一早，或者一觉醒来已是明天下午，然后欣喜地得到好消息，她实在不想经历这样的过程，这痛苦的煎熬将会让她辗转反侧、难以入睡！是的，在钻进被窝的那一刻，在寒冷裹住四周的那时候，她已经知道这将是一个多么难熬的夜晚。她能做什么呢？只有把身体蜷得更紧，用体温温暖黑暗的被窝，再祈求它的保护。然后一遍遍祈求上苍，祈求上苍的垂怜，祈求命运地摆布不要来得那么残酷，希望明天是个美丽而幸运的一天，希望清晨的光早点来，早点来……

窗外有光，那是这个城市的灯光，偶尔亮一下，又黯淡下去，那是路过的车灯光。于是，有了车子穿过的马达声，车轮摩擦柏油马路声，还有冬夜街头汽车掠过，气流变化的声音，落叶在翻飞起舞的声音，小艾觉得都听到了。她觉得四周安静极了，那些是自然的声响，它们在告诉自己这是个多么安静的夜晚，安静到没有什么心思可以逃逸，她觉得窗前的不再是一条马路，而是河流，哗哗淌着的河水，承载着孤独落单的渔船。她觉得回到了故乡的吊脚楼上，夏夜里那空气里潮湿的清香，桨声吱吱呀呀，混着击打水流的似有若无，蛙声大了起来，隔壁阿婆的轻轻咳嗽，这是最好的催眠曲呢。阵阵凉风吹来，那是妈妈在一旁轻轻地扇着蒲扇，月光下，她觉得妈妈的手臂是那么修长、好看，于是她会呢喃几句，沉沉睡去。

可是，为什么任何事情都有“可是”？可是吊脚楼早已拆了，妈妈还躺在陌生的病床上，她是不是也如她这般难以入睡？她也想到了老家吗？对于妈妈而言，那不是儿时的回忆，而是活生生的生活啊，日出日落，她每天都在那儿劳作，星星月亮不是她的浪漫源头，而是辛劳的伙伴与见证！这么多天了，她习惯吗？肯定是不习惯的，小艾想，没事，过了明天，一切都会好的，她要陪着妈妈一起回老家，想待多久就待多久，再也不要长时间的分离了。可是，可是明天会好吗？如果不行，那该怎么办？她被自己这个念头吓住了，这个念头这两天总是不自觉地冒出来，如同梦魇一样缠住她，折磨她。

她听到了自己的心跳声，那么弱小而固执，渐渐地，这个声音大了起来，大了起来，充斥到宇宙的每个角落。她觉得自己的脑袋空白一片，但这不是一种空洞，而是实质的无充斥其中，如同透明的棉花填满了思维的每个角落。它们吸收掉一点点的思绪，新鲜的血液被稀释，变成白色，她无法思索，挣扎不掉，只觉得脑袋变得很重，呼吸的声音越来越大，冲击着整个耳膜，她有点透不过气来，透不过气来。自己是魇住了吗？她从床上坐了起来，抱着被子蜷在角落，她感觉到了冷，这很好，她想，至少还有感觉啊。

不知过了多久，她觉得自己正从那梦魇中走了出来，是啊，有什么走不出来的呢？她现在需要坚强，再坚强，倘若，倘若明天是坏消息，那自己也要去勇敢面对，这世上没有什么过不去的坎！她能做的就是安心等待结果，哪怕是坏的，那也是老天的安排，她不能埋怨什么，这就是命运，在命运的星光下，她应该虔敬地祈祷，勇敢地前进！突然间，她听到了手机"滴、滴"的消息声，她忙从枕头边摸出来，她害怕是妈妈那边的消息，没有消息就是好消息啊。

"小艾，还没睡着吧？没事的，明天肯定会好的，相信我。"

是洛云发来的，小艾长吁了一口气，心中暖暖的，是啊，明天一定会好的，好人有好报，一定会没事的……就这样，她迷迷糊糊睡了过去，就这样蜷坐了一夜。昏暗里，这个纤细的身影就如此安静地蜷在房间一角，但这不是微小的存在，而是生命力量的积蓄，黑暗安抚了生命的惊悸与脆弱，与她一起等待破晓的那一刻。

第二天一早，小艾很早就来到了医院，陪妈妈做完最后的检查，叽叽喳喳和妈妈说着话，直到妈妈要被推进手术室，她噙着忍不住的眼泪，俯下身笑着说："放心，肯定是好的，回来我带你去逛街，我们还要去恒隆、伊势丹……”妈妈笑了，朝她点点头，被推了进去。小艾再也忍不住，眼泪一下子落了下来，她就这么站着，看着门缓缓地关闭，就这么站着，任眼泪无声掉落。这时，她感到一双温暖的手从背后放在她的肩上，她没有回头，她知道是洛云。

一个小时后，手术室的门开了，他们赶紧走了过去，洛云说：“肯定是好的，不然不会这么快。”这是他在这一个小时里说的第一句话，因为小艾在等待的时候坐在位子上，低着头，双手合在一起，好像在默默地祈祷，洛云看着她美丽的侧脸，无比认真、无比虔诚，很安详。他不想打扰她，于是也默不作声。

医生推门走了出来，小艾忙问：“请问什么情况？”她感觉到自己声音的颤抖，她等待的就是这下一秒。“很好，是良性的。”“啊！”小艾听到这句话，高兴地跳了起来，虽然是在这必须安静的等候区，她还是忍不住跳了起来，心头被巨大的欢喜击中！这种感觉无法言说，她看到身边笑得很开心的洛云，正向她张开双臂，她一下子抱了过去，这样的快乐有人在身边分享，真好啊！

接下来的日子，是快乐而忙碌的，小艾还是要每天做完饭送去医院，一天来去医院两次，但是她觉得很开心，心中充满了幸福感。很快，妈妈出院了，她陪她去逛了好几次街，为她买了很多衣服，妈妈直说她浪费，小艾说，还是你自己争气，要不这钱就要送给医院了！这期间，洛云也来看了她们几次，大家有说有笑地吃了几次饭。妈妈在这又住了一个月，说要回老家了，说家里这么长时间没人打理，不知道什么样了。小艾见劝不住她，只好说回去可以，但不能再这么忙了。必须要把小超市和早点铺卖掉，不是还有个彩票站嘛，身体才是最重要的。这个，妈妈也答应了。

日子仿佛恢复了平淡，小艾感谢老天的厚爱，让她可以安静地享受这样的平淡。平淡不是寡淡，小艾有很多事情要做，她觉得现在最重要的就是努力地生活，认真地工作，可以早点把妈妈接到身边来。为此她还报了几个专业函授班，这样就更加忙碌了，忙碌真好，她想。

终于到了周末，可以好好窝在家里休息休息了，这时候，她接到了洛云的电话，说要约她周末出去转转，前段时间她的弦绷得太紧，他说应该放松放松，反正有车，呼吸呼吸新鲜空气，就算踏青远足也好。踏青？踏冬吧？小艾心中笑了笑，答应了，一方面整天闷在办公室和家里，不如出去走走，大自然总给她带来惊喜呢；另一方面，自从洛云帮了那么大的忙之后，她觉得有点不知道如何拒绝他的热情了。

小艾没有问去哪里，这个一点儿也不重要。她去超市买了一大包零食和点心，准备路上吃，既然是郊游，就该有个郊游的样子。第二天一大早，“嘟嘟”的喇叭已经在她家的门口响起，那是洛云来接她。他看到小艾拎了一大包零食，笑了：“早知道你买这么多，我就不买了。”小艾说：“这可是我精挑细选的，可比你买的好吃多了。咱们去哪？”

“去远点的地方，佘山，如何？”

“佘山？我就知道那边别墅特别多。”小艾说。

“聪明！别墅多的地方说明景色好啊！我查过了，那边有个森林公园，还有远东最大的教堂。”

“是吗？远东最大的教堂在佘山啊？”

“不信？走，咱们出发。”

出发！出发！青春的马达已经发出清越的轰鸣声，年轻的心随着车轮跳跃，前进！前进！在这个有点冷的冬天，阳光是最好的衣装，掩去所有的阴霾，洗掉曾经的忧伤，融化！融化！乡村从来不是这个大都市的延续，寒冷只会让有心人靠得越近，碰撞！碰撞！让飞扬重新飞扬，让灰尘与泥土分开，青春！青春！

这是一个暖暖的冬天，冬眠的心情开始蠢蠢欲动，在这岁末时刻，有着不亚于来年的春意盎然，而这温暖，来得却更加纯粹。到了山脚，远远看到山顶上高耸的教堂，洛云说："没骗你吧，这么高大，肯定是远东第一，要不要爬上去看看？"

"当然了，来就是为了爬山的呀！"小艾脱去羽绒服，里面是一件天蓝色的毛衣，胸口还有一朵好看的毛线花。

"真美！"洛云脱口说道。

"什么？"

"没什么，我说你衣服上那朵花很好看呢。"他回答得很自然。

冬天里并非所有的山都该是光秃秃的，比如这座。因为种的多是松柏与竹子，所以一路上满眼都是绿色。但这与春天的绿是不一样的，这是出自寒霜的绿色，是饱经风霜的倔强与淡然，是老了的绿，是生命气息熬出来的凝固，自有一股凛然之气。小艾轻轻放下那颗飞扬的心，欣赏起这别具一格的颜色。在山路的每个转角处，都有小小的神龛，上面画着耶稣传道、受难的故事。神龛前香火缭绕，有不少善男信女匍匐在地，磕头祈祷，嘴里还大声念着经文，那可能是《圣经》里的某段文字，却念唱得抑扬顿挫，有的人还前俯后仰，不能自已。

“我怎么觉得这像佛寺？唱做俱佳，跟和尚一样，这么有乡土气息，耶稣也接受这个？”洛云小声地说。

“他们都很虔诚啊！”小艾小声道。

他们绕过这群人，继续往上走去。随着越走越高，山下的景色也越来越开阔，他们在一处平台前停了下来。前方有山有水，竹林随风飘扬，沐浴在阳光中，少了萧瑟，多了灵动。在树影间，是若隐若现的别墅砖瓦。

“小艾，你说以后要是有这样的房子该多好？”洛云说。

小艾点点头：“是啊，这里有山有水，是个疗养的好地方呢。”心中想道，若说风景，这里的美好又怎么能和故乡比呢？但人总是那么奇怪，在美好的地方长大，却要到人挤人的城市拼搏，然后却梦想着能去另一个乡下地方生活。是不是只有绚丽后的平淡才有意义，从头到尾的平淡就是失败？自己呢？为什么要来这个大大的城市，怀揣着怎样小小的梦想？自己的梦想是什么呢？是出人头地吗？好像不是，是光鲜亮丽吗？也不是。她感到阳光照在毛衣上的舒服，闭上了眼睛，她要守护好心中的那点儿幻想，自己追求的，是个永远得不到的梦吧。

她的眼前浮现出这么多年的点点滴滴，想到那个熟悉又陌生的，已经渐渐消失的高瘦的身影，原来自己还没有忘记他啊！他现在在哪里呢？可是那个身影越来越稀薄，就像曾经五彩的泡沫，阳光赋予了最美的瞬间，但只是瞬间吧。她感受到阳光在轻轻抚摸她的眼帘，睁开眼，看到了一张嬉笑活泼的笑脸，那个身影仿佛和眼前人重合起来。

"想什么呢？"洛云问。

"我在想，今天是个好天气呢。"

"就这么简单？我可看你闭着眼睛，嘴角的笑意可出卖了你。"

"是啊，天气好，我心情就好啊！"小艾看着一脸坏笑的洛云，仿佛被看穿了心思，连忙又说，"我们继续往上走吧。"

等到了山顶，两人都微微出汗了，抬头，红色砖石的建筑算得上巍峨壮观。他们与几个游客一起信步走入，里面是空旷、宽广的大厅。最前方是石雕的耶稣受难像，头顶是高耸的穹顶。朴实无华，没有华丽的雕花玻璃，没有烟雾缭绕的弥撒，没有烛影点点后隐藏着的神秘，小艾觉得一切都那么真实，是的，真实，这好像不似传统中的宗教场所。

在耶稣受难像的前面是一排排的长凳，有三三两两的人坐在那里，好像是在祈祷。“我们也过去坐坐，休息一下？”洛云提议，于是他们坐到了最后一排的长凳上。

这时，有一个穿着黑色衣服，戴着眼镜的中年男人快步走到大厅前方的讲台上。洛云用手臂碰了碰正低着头的小艾，说：“快看，是牧师布道呢。”那男人果然拿起话筒，开始说道：“大家好，我是这里的牧师，非常感谢大家来到这里。我知道很多人是第一次来这里，没有关系，我来给大家介绍一下：我们这座圣母教堂历史悠久，建于1894年，规模相当的宏大，1942年被罗马教会敕封为‘乙等大殿’，是仅次于罗马教廷大殿的第二等大殿，所以也是中国东南地区主要的朝圣地。

“大家看头顶的穹顶，是不是感觉特别的宏伟？大家看四周的玻璃，这在过去都是专门的彩绘玻璃，从葡萄牙专门运过来的，美轮美奂。这四周原来也有很多的雕塑，现在都没有了，所以大家才会觉得有点空荡，是不是？有人会问，这也是乙等大殿啊？远东第一？不过，没有关系，因为我们上海申请世博会的成功，所以政府已经决定拨好几千万给我们修缮，这里将恢复原貌，比原貌更好！那时候四海的教友都会慕名而来！大家来得真巧，下个月这里就不开放，要开始一期工程了。我也希望大家能在世博会后再来这里看看，肯定与现在不一样。”

“切！”洛云轻轻发出一声，刚好被小艾听到。

“朋友们，你们相信上帝存在吗？我知道你们很多人不信，没关系，我也不会和大家讲什么大道理，上帝就在我们身边，他慈祥地俯视着我们，总有一天你们都能感受到上帝的荣光。前些天，有一个班的学生来我们这调研，他们老师出了个社会调研题目：贫困与宗教的流行是否相关？然后他们来问我。我说这怎么可能相关呢？大家知道，欧美很多国家，大部分人都是信上帝的，他们一点也不贫困。同样，我们心目中的很多大科学家，也都是信仰上帝的，比如牛顿。那个发明进化论的达尔文，死之前也要请求上帝的宽恕。所以，请大家睁开自己的眼睛，不要被俗世蒙蔽住，你们一定会感受到上帝的光芒。”

说完，他走下讲台，打开放在一边的电视机，开始播放一部纪录片《上帝之路》，然后和善地与前面几排教友打起招呼。

“洛云，你觉得上帝存在吗？”小艾小声问。

“不，我从来没觉得他存在过，那是宗教的蛊惑。我觉得那个老师出的题目很好，将问题的可能性都摆在学生面前，而不是试图去塑造他们，是让他们自己选择。而宗教，就是试图在塑造人，塑造人的灵魂。”

“可是，你不觉得他说得有道理吗？”

“有什么道理？现在的西方，有多少是虔诚的信仰上帝的？信仰不是吃饭的时候说句阿门就是了，据说现在坚持做弥撒的人越来越少。”

“那你信仰什么呢？”

“我不信仰什么，我追求自由，我追求爱，但这力量不是来源于上帝，而是我自己。”洛云面向小艾，她能感到他眼睛里的深情的、炽热的火焰，这火焰正邀请她纵身一跃，她的脸刷地红了，忙低下头，不去看他，嘴里低声说：“可是，你不觉得，只有在信仰的约束下，才会有真正的自由和爱吗？”

洛云沉默了，两人都沉默了，在这世上最静谧的地方，在灵魂休憩的地方，似乎有一种东西将两人连接起来，是什么？是信仰吗？或是上帝的力量？

良久，教堂的钟声响了，小艾抬起头，有一缕阳光透过纯净的玻璃射在了耶稣像上，那面容是如此遥远，但那痛苦与解脱又是那么清楚，好像随时都可以被她触摸得到，她好像闻到了一种奇异的香味，这味道让她的心一下子静下来。这份安静，让她有一种想哭的冲动，是的，这是爱，她觉得她应该珍惜眼前一切，珍惜身边的人，以及这所有的阳光与感动。

"走吧！"洛云用胳膊轻轻碰了一下小艾。于是，两人站起，走出教堂。

中午饭是在森林公园里吃的，洛云还专门把家里的桌布拿了出来，铺在地上，然后把零食都倒在上面，真有点郊游的模样。两人就这样说说笑笑、拌嘴吵架、打打闹闹，旁人看来，还真是一对快乐的情侣呢。整个下午，他们就在偌大的森林里转悠着，虽然没有什么特别美丽的景致，但好在地方大，逛来逛去不会重复，而且经常会出现一个小水潭，一两只慵懒的野鸭带给他们小惊喜。不知不觉，他们走走停停，来到了一个土丘平台上，这里算是周围环境的高点了，草坪上居然还有片片黄草色，他们于是席地而坐，环顾周遭。

已然是夕阳西照啦，天也有点冷了，但凉风拂面，依然很舒服。这里没有其他人，嬉笑声若隐若现从山那边传来，游人已经三三两两地归家了，回去吧，回去吧，好像有个声音在远方呼唤。山丘下，一排排孤单的枝干在夕阳下傲然挺立，风吹过，它们纹丝不动，是啊，舍弃它们的脆弱树叶早已离去，还有什么好怕的呢？有鸟儿在远方啼鸣，只有声音传来，小艾看不到它们藏在哪里，树叶已经落尽，它们的家在哪儿呢？这光景，却没有让小艾感到任何的凄凉，这夕阳如此美好，却也让她触景生情，什么情？不晓得。但她心中充斥了莫名的情绪与难以言状的感动，“好美啊！”她想大声地感叹，可是，她又怕这赞叹破坏了眼前心头的平静。此情无计可消除，才下眉头，又上心头。她如此爱惜此情此景，殊不知，自己却成了身边人眼中，这风景中最美的一处。

在回程的路上，两人都没有怎么说话，似乎走了一天都有点累了，独自想着心思。洛云开着车慢慢驶入这个城市的黑暗。洛云把车开到了小艾家楼下，小艾刚要下车，洛云提议说天这么晚了，回去做饭也累，不如找个地方吃个饭。于是，他们就在街角的一个茶吧坐了下来，点了简餐。

这个茶吧，小艾从没来过，没想到外面不起眼，里面装修得还挺有情调。店家花了不少心思在上面，不知道从哪淘来的老上海的器物，有留声机、老电话、黑胶唱碟，还有一台笨重的打字机，就放在墙角各色的展示柜上。头上老式的电扇，还在吱吱呀呀地转着圈。房间里温暖如春，他们赶忙脱掉身上的大衣，耳朵里传来轻柔的老上海的唱片音乐，小艾突然想起自己看过的一篇散文，木心的《上海赋》。“迪昔辰光格上海呀”，十里洋场，珠光宝气，宝马雕车香满路，凤箫声动，玉壶光转，一夜鱼龙舞。为什么对于上海的印象总是停留在晚上？而现在呢，剩下的只是那个若有若无的表情，只有在某个瞬间，譬如此时，才能直达心底，唤起思量。

两人坐下，吃完简餐后都没有离去的意愿，这里是个休憩心灵的好地方，或者说，是让心灵悬浮的地方，而不是有着落的踏实。这里的空气犹如死海的水，不似爱琴海的明亮绚丽，但是那巨大的浮力足以让心情舒适而仰卧漂浮。但是，在死海黑泥深处仿佛又隐藏着某些神秘力量，让人注定要在这停留，又不去长相厮守。

他们点了咖啡与清茶，有一句没一句地说着话。小艾轻轻摆弄着手前精致的瓷杯，这是一盏欧式骨瓷茶杯，杯身上描画着一朵鲜艳的蔷薇，六角形的托盘底座上浅绿颜色，桌面是洁白的大理石，纹路如水，使它如同雨后荷叶。在昏黄的灯光下，这盏杯发出温柔的莹光白色，系在其上的视线变得模糊起来。

有些许的茶水晃出，在底座与桌台间结成了一层细密的水膜。这时，茶杯诡异地在小艾两手间轻轻飘移，她修长如玉的手指轻轻一弹，那朵蔷薇便在丝绸般的云间来回滑动。月如钩，纤手点秋霜，这一切恍若不似人间之物。小艾粲然一笑，对着洛云说："你有没有觉得这一切好像发生过。"

洛云眼神还停留在小艾的双手之间，喃喃道："不知为什么，有恍如隔世的感觉，小艾，你定是这世上最美的魔术师。"

说着他抬起头，望着眼前那张微红的秀丽脸庞，说道："小艾，这一切都是注定的，我从来没有像现在这样痛苦和快乐，你的每个动作都在鼓励我下决定，是的，我一定要说。"小艾抬起头，她知道他要说什么，她没有低头，虽然她感觉两颊的微烫，但，要来的一定会来，她有什么好躲避的！看到小艾眼眸如同一泓清澈的湖水，美丽如斯，洛云的眼中爆发出火热的光芒，他说："小艾，我爱你！相信我，我要给你我的一切！"

"一切？什么是一切？"小艾看着眼前的男孩笑了，是的，她的心也会在此刻轻轻颤动。

"一切！所有！包括我的生命！我这微不足道的生命！相信我，我会给你幸福！"他突然前倾，握住眼前的那双手，感受到轻轻的战栗，犹如另外一个微小的生命，他舍不得握得那么紧，却又不能松开，仿佛最珍贵的东西将要从这指缝间流逝，他感觉到心跳如重锤一次次落下，望着她问道："小艾，你愿意吗？"

13

小艾笑了，说："你还是没有变啊！"

对面的她确是这样，一眼看去，还是当年的那个小女孩，但岁月岂是空度？那嘴角眉梢间，还是留下了细细的痕迹，这纹路却恰到好处，退去了青涩，驻足的是美丽。

"你也是一样啊，但是比以前还要漂亮很多呢！亲爱的，你说，世界上怎么有这么好看的人呢？"琴琴用手托着下巴，目不转睛地赞叹道。

小艾笑着打了她一下。问："琴琴，以后就在上海了？"

琴琴一边环顾四周，一边说："这茶吧很有味道啊，就在你家旁边，生活很有品位呢。"

"也就是偶尔进来发现的。"小艾笑道，"对了，别岔开话题，是不是以后我们就能常见面了？"

“是啊，是啊，我已经在这找到工作了，一家咨询公司，还是你们银行的客户呢。”

“怎么想到来上海的，你不是毕业后就留在那里了？”

“我男朋友工作调到了上海，总不能总是两地分居吧，而且我也觉得上海比那儿好多了，你说呢？”

“嗯，那倒是，大城市机会总是要多很多的，不过那是大家的说法。”小艾笑道。

“那你的想法呢？”

“我也不知道。”小艾摇摇头，说道，“就比如这茶吧，你也很有感觉，对不对？但现在你问我什么感觉我也说不清。只有到了晚上，夜深了，在这坐一坐才有体会呢。可是，这也只是模仿那种我们觉得该有的感觉，真正的是什么样的，我也不知道。你明白我的意思吗？”

琴琴轻轻摇了摇头：“你啊，还是这么文艺。”

“你就说这大上海吧，人人都说大上海，好像这里有一切。这么多年过去了，我也明白这里确实有一切，可是，我到底在不在这一切之内？这一切对于我来说，又有什么意义？”

琴琴看到了小艾眼神中的些许迷茫，忙说：“你有什么好叹息的，你现在过得很好啊，工作不错，也把妈妈接到上海了，真好啊，家人就在身边。男朋友呢？也不错，对了，你和洛云是我们班唯一成功的一对，什么时候吃你们的喜酒啊？”

“结婚？”小艾摇摇头，说，“还没考虑这事情呢。”

“没考虑？小艾，不是我说你，洛云是个好男生呢。不瞒你说啊，当年在学校的时候，我就觉得他不错，要不是我让着你，早就……”

“你当年那点小情意，是个人都能看出来吧，琴琴，我可也是一直给你创造机会的哦。呵呵，别老说我啊，你呢？怎么和你现在男朋友认识的？”

琴琴开始绘声绘色地描述起他们之间的故事，她本来就是个爱说话的人，小艾看她眉飞色舞，兴致勃勃，打心底里为这个很久没有谋面的姐妹高兴，人说爱一个人就会很兴奋地向别人提起他，看来，他们真是幸福啊。

两人就这么絮叨了很久，琴琴突然低头看了下手表，说：“哎呀，都三点了，我下午四点还有个培训，我先走了，下回我再找你！”

“星期天还要去培训，你可真是模范员工。”小艾说。

“没办法，刚换新工作，怎么也得努力努力吧。”说着她拿起包站了起来，又问道，“你去哪，回家吗？”

去哪儿？小艾愣了一下，看窗外阳光灿烂，自己好久没出去走走了，说：“我出去逛逛街吧。”

“去哪？”

“去南京西路转转。”

“哇，小艾你可真有钱，羡慕啊！正好顺路，走吧，我打的送你。”琴琴说。

路上，琴琴还告诉她一个信息，他们几个同学正在鼓动大家今年国庆回学校参加毕业五周年的聚会，已经得到班上大部分人的响应，到时候她和洛云一定要去啊！小艾说，那当然，我也挺想大家的呢！

一个人走在熙熙攘攘的街口，她想到刚才那张可爱的小圆脸蛋，那永远表情丰富的样子，“她说我有钱？”自己在这个城市中绝对算不上一个有钱人。虽然银行的工作不错，但收入最多算中产吧。而且最近好像也进入一个瓶颈，她凭着这么多年的努力，加上平日里人缘好，领导都很喜欢她，在部门里也成了一个负责行政与后台的中层干部。但再往上走，可就完全不一样了，她的上级领导是个四十岁的女强人，每天加班，到处跑业务、陪客户。这让小艾常常想起就觉得不寒而栗，她可不想过这样的生活。所以，最近领导也找她谈过几次话，问她有没有意愿多承担一些市场方面的业务，说在金融业，只有做资本，做市场，手里有客户，才能真正地有前途，否则一辈子也就这样。领导说她相信小艾和自己一样，不是一个甘于平凡的人。

是啊，在这个领域，外人看来是多么光鲜亮丽！他们每天经手的金钱，只能用数字来衡量，所以有时候她也麻木了，不知道多有钱才叫有钱。只有在这繁华的路口，看到那些昂贵的奢侈品牌，她才一下子意识到自己的收入比起她的领导，她领导的领导，是那么卑微。

可是，自己虽也不甘于此，却好像真是不喜欢这个行业，没有那应有的成就感，但是不做这个自己还能做什么呢？难道如今她年纪轻轻，却已经到了职业生涯的顶峰？但是要她周旋于各个客户之间，觥筹交错、巧笑嫣然，这个又是她绝不愿意接受的。她低头看了看自己也是一身的奢侈品牌，轻轻叹了口气，曾经那个热爱文学，喜欢幻想的小女孩，怎么变成了这个模样？

至于琴琴说的她和洛云的未来，她还真没细细思量过，总是就这么过着日子。她觉得洛云是个优秀的男朋友，虽然经常要出差跑业务，他内心深处还是希望可以每天和自己在一起的，但是男人不奋斗还叫男人吗？洛云的车早就升级换代了，他进出口业务这两年做得不错，不错到比他的领导做得还要好很多，在国有企业，这是一个非常棘手的问题。所以洛云这一年在工作之余，也在考美国的MBA，他总说自己一定要出去看看，和小艾一起去。

未来？这就是她的未来吗？去美国做陪读？还是自己也再读读书，去做自己感兴趣的？小艾不知道，这些念头有时候会闯入她的脑海，她只有摇摇头，将这些调皮的孩子赶走。

街边的橱窗在不停地变幻，里面的美丽离她那么的近和远，仿佛她转个身，歪个头就可以纵身跳入这流动的盛宴。

她是愿意跳入的，她不觉得这些奢侈品有着宿命般的罪恶，那些对她而言就是艺术品啊！而在这个世界上，努力挣钱，然后花掉，又有什么错呢？她看到橱窗里一只美丽的红色长靴，高高的鞋跟，漆皮艳丽，这是上帝献给女人的礼物。她想，还有一只呢？正散落在柜橱的哪个角落，等待她去将它唤醒，她将赋予它生命，从此它只属于她，而她将用它在这个城市加上青春的注脚，她应当拥有它，必须拥有它。

于是，她走进专卖店，如同进入艺术品的博物馆。营业员殷勤地和她打招呼，用戴着手套的手小心地从橱窗里取出那只红靴，她在镜子前试了一下，完美，随意地问了价格，还行，于是说：就这个了。

看着被小心翼翼包裹起来的靴子，小艾心底里微笑了。她从来没觉得物质会给她带来空虚，这只会带来温暖，这种温暖甚至是自由的。如果条件允许，她可以想买什么就买什么，她可以拥有它带给她的快乐与梦想。这自由不会伤害到任何人，这是她应得的。她不试图去改变这个世界什么，没有所谓的野心与庞大的愿望。她不愿掌握别人的命运，但希望自己至少有消费的自由和自由的消费。如果有人要和她说，限制自己物质的欲望，这样心灵才是美的，她一定会对那人说"虚伪"这两个字。在这个世界上，企图控制别人心灵的人，才是最不可救药的啊。她愿意做那个套子里的人，如果这套子的牌子是香奈尔。

她一路就这么走走停停，不知不觉居然快走到了静安寺，她看到前面路口有一栋黄色的公寓，古朴而简单，在阳光下散发出柔和的光。她不禁走过去，一看铭牌，居然是常德路195号，鼎鼎有名的常德公寓。张爱玲曾经和姑姑在这里生活过六年，她生命中最重要的小说就是在这里完成的，而那些小说，小艾也都曾仔细读过。

没想到居然在这里邂逅了，如今一楼的部分已经改成了一家书吧，虽是下午，里头却也灯光昏黄。小艾在门口看见里面安放着成排的书柜，从封面上看，大都是外文书。“赚老外钱的吧。”她心底笑道。她觉得如果在这个时候进去，看两本书，喝一杯咖啡，真是个不错的决定。

她最终没有进去，她觉得自己已经失去了看书的闲情逸致，这个感觉是如何、何时失去的？她摇摇头，瞥了一眼散坐在里面的客人，还是祝福他们拥有这样的心情吧！她突然觉得坐在最里面的客人的侧面有点眼熟，或许是个久未谋面的朋友？这样的邂逅在这个城市每天都可能碰到，可为什么自己刚才却似乎有不一样的心跳？还没回味过来，她的脚步已经穿过了公寓，她顿了一下，又继续前行了。

逛了一个下午，傍晚的时候接到洛云的短信：“亲爱的，我回来了，你在哪里？我去接你吃晚饭。”

洛云带她去的地方，风景却是绝妙。这里，正是陆家嘴的那个嘴角处，黄浦江在这里蜿蜒曲折了一下，在四十八层的旋转餐厅里，正可以将江两岸的风景都看得真切。这里又是餐厅的一角，可以窃窃私语而不被人打搅，看来他做过精心的安排。

“这风景不错吧？”洛云在邀功。

“嗯，很好，你怎么知道这的？和哪个客户一起来过吧？”小艾打趣道。

“冤枉啊，老婆大人，我真是出力不讨好啊！这是我在网上找了好久才定下的。”

“今天什么日子，这么殷勤？”

“普通的日子，就不能这样约会吗？”

小艾没有回话，她的心倒是甜甜的，有谁会拒绝随时出现的浪漫呢。

吃的是西餐，每一道菜都很漂亮，做工精美，鹅肝入口即化，小牛排也是口感极其细腻，红酒在双方腕间摇曳，水晶玻璃杯中如梦似幻流动的玫瑰光亮，映照着这对幸福的人。

突然间，灯光渐渐暗了下来，洛云笑道：“你赚到了，今天这里还有表演呢。”

说着，一个身穿燕尾服的帅气男人走到他们这个角落，手里还拿着小提琴，鞠躬道：“美丽的女士，我可以为你演奏一曲吗？”

小艾觉得有点不可思议，看着对面的洛云，他正朝自己眨眼睛。

小提琴声响起，是克莱斯勒的《爱之喜悦》，曲调轻柔而华丽，这首曲子小艾听过，自己也曾演奏过，没有想到今晚会有专人为自己演奏，一定是洛云搞的鬼！小艾心想，正回头，却看见他魔术般从身后变出一束玫瑰，走到自己面前，单膝跪下，望着她说：“小艾，嫁给我吧。”

小艾脑袋一片空白，求婚吗？这正是每个女孩子梦寐以求的求婚啊，她的王子正半跪在自己的面前，而她呢？该怎么办？不是没有幻想过这一天，小时候曾梦寐以求过无数次，但是当这一刻真实来临的时候，她怎么又会如此手足无措？来得太快了吗？还是太晚了？她低头看前面的洛云，那张熟悉的脸庞正涨到通红，有汗珠从额头上渗出，嘴唇动了动，似乎在想说什么却又不敢，那双眼睛里写满了紧张与期待。这时候，小艾的眼睛余光看到黄浦江上突然有烟花绽放，五颜六色，流光溢彩，映照在窗上，小艾心想：“是天意吗，是天意吗……”内心深处，似乎有一个声音在呼唤她：“答应呀，答应呀……”眼泪流了出来，她闭上眼，缓缓地点了点头。

满江的樱花绽放。

洛云把小艾送回家的时候夜已经很深了，她还是住在当初那个小区，只是因为把妈妈接来，换了一个大一点的房子。多年的劳累把她的身体给压垮了，自从三年前的那个手术后，妈妈越来越疲惫和衰老，终于在小艾的劝说下来到上海和女儿一起生活。

小艾在楼下看到自家的灯还亮着，心里暖暖的，有一盏灯为自己留着多好啊！她打开门，妈妈从房间里走了出来，问道："这么晚回来，要不要吃点水果？""不用了妈，今天吃得很多呢。"小艾笑着说。这时，灯光下，妈妈发现女儿的眼睛有点红，但这心情又不像受了委屈的样子，正纳闷呢，突然瞥见小艾手指上的那点璀璨，轻轻叫了一声："啊！"

小艾笑着走过去，搂着妈妈，左手在她面前晃了晃，说："看到啦？"

"洛云送的？"妈妈有点明知故问。

"是啊！他今晚向我求婚。"

"那你答应了吗？"妈妈急着想知道。

"我觉得很突然，有点早……"

"突然什么？你们在一起都三年了，还早？"

"所以，我没有拒绝。"小艾把头埋在妈妈怀里，低声说。

"哦！"妈妈有点如释重负的感觉。

“怎么啦？你这么希望我嫁出去啊？”小艾嗔怪道。

“哪有啊，我才舍不得你呢。”妈妈用手摩挲着小艾的长发，低声说。

“妈！”小艾站直身，看着灯光下母亲的模样，那头发已经有了斑白的痕迹，她握起妈妈的手，眼泪又要落下来。

“傻孩子，我为你高兴还来不及呢，洛云是个好孩子，我很高兴呢。”妈妈用手将女儿的眼泪拭掉，自己的眼睛却也红了。

“哭哭笑笑，小猫上吊。”小艾突然想到小时候的童谣，脱口而出，笑着拍了妈妈一下。

“说什么呢，你这孩子！”妈妈也被逗乐了，问，“那你们商量好了什么时候结婚吗？”

“我们准备简单办一下，就今年十一吧。”

“啊？这么早？现在都九月份了，怎么这么快？”

“怎么，终于舍不得了？”小艾接着说，“是这样的，他收到美国大学的录取通知书了，就是秋季入学，所以想在走之前办了。”

“哦，这样啊，那以后呢？他出去几年？”

“一到两年，不过他说我可以先办陪读过去，然后在那读读书，再把你也接过去，以后咱们就在那生活。他这五年赚了不少钱，我想加上我们的积蓄，经济上倒是不用担心。”

“那你怎么说的呢？”

“我没有回答呢，我得问问你的意见。如果不去也没事，洛云说他在那边一两年镀个金回来，顺便也跑跑那边的供应商，回来后去其他地方或自己单干都方便，这也不错呢。”

“我没什么意见，你们不要想着我，我一个人在国内也开心得很！”妈妈说。

“妈！你怎么这么说呢？就是我们决定要出国，也会和你在一起的，我们好不容易一家团聚了，你怎么又说这种话？”小艾正色道。

“好，好。”妈妈笑了，“我没意见，都听你们的。这么晚了，明天还要上班，你早点去洗洗睡吧？”

“嗯。”小艾答道。

躺在床上，可又怎能安然入睡呢？门角有灯光渗出，那是隔壁的妈妈也还没睡呢，是啊，这个消息对于妈妈而言比自己可能更重要，妈妈把自己从小拉扯大，或许就是为了今天的结果吧？看到妈妈为自己高兴，小艾的心里也踏实了很多，看来自己做了一个正确的选择。未来？自己的未来就这般决定了吗？小艾翻来覆去，索性把台灯打开，走到书桌前，随便抽出一本小说，回到床上，翻了起来。

这是屠格涅夫的《前夜》，她有一套译林版的世界名著，封面是线条粗犷的木版画，书很薄但却显得厚重。这套书她看过好几遍，可是这一两年就没有碰过了，看来还是自己越来越肤浅了呀。她轻轻吹去书页上的浮尘，深深吸了口气，好香的油墨味道啊！自己却是久违了。看了两页，手机响了，原来是洛云。

两人甜蜜了几句，等挂掉电话，小艾看了看表，已是午夜。书，无法再看下去了，脑子里是今天晚上的点滴回放，她抬起自己的左手，看那颗美丽的钻石将光影折出梦幻的色调，多少女人为之疯狂迷恋啊！但是，钻石本身没有光，需要有那个背后的发光体，洛云，或许就是自己的太阳了吧？小艾心想，自己无疑是幸运和幸福的。于是放下书，关了灯，在黑暗中迎接美梦的来临。

美梦没有如约而至，她好像失眠了，在这个激动人心的夜晚之后，失眠也是正常的吧。小艾看着窗外的点点光亮，想到了小时候。那是下雨天，妈妈骑车送自己上学，石板路颠簸不平，自己坐在前杠上，身体就被厚厚的黑色雨衣罩住，有点闷，看不到一丝光。后来有一天，她突然心血来潮，用牙齿慢慢地在雨衣上咬出个极小的洞，连雨水都透不进来。但是，有了光！哪怕只是一个小小的光点，那也是专属于她一个人的太阳。从此她喜欢上了下雨天，随着颠簸，那光点总是调皮地跳跃、闪动，如同欢乐的精灵，可是它太孤单了，于是小艾又制造出了第二个、第三个。三个正好，三个精灵可以一起演戏了，其实再多她也不敢了，怕被妈妈发现。

原来小时候自己也曾这么调皮过啊，小艾在黑暗中笑了。本来也以为自己小时候只是个安静的小姑娘，最爱看各种小说，她曾无数次为男女主角的爱情潸然泪下，也曾无数次幻想自己可以到发生这些故事的国度去看一看，离开这个小小的城市，去很远很远的地方看一看。如今，这两个梦想都要实现了吗？或许，自己真的可以去尝试再读一个自己感兴趣的专业，文学或新闻？每天和文字打交道，这不也是自己梦寐以求的吗？而国外的空气好，食品可靠，等安定了把妈妈接过去，对她的身体也是一件好事情呢……渐渐，她的眼帘沉重起来，看来，失眠真的和这么幸福的人儿无缘呢。

接下来的日子是忙碌的，她和洛云要筹办婚礼，要在短短一个月时间内完成真不容易。要拍婚纱照，订饭店，订酒店，找婚庆公司，安排位置，通知朋友……两人都成了做二休五，双休日繁忙地在外奔波，工作的五天反而成了休息的时机，好在小艾的领导知道了她好事将近，就没有安排过重的任务给她。而洛云呢，领导乐得见到他少有的工作不那么积极了，才不会管他呢。

请什么人？怎么安排座位是个大问题。两人商量着，亲戚总是要请的，小艾在老家的几个至亲要安排过来。洛云那边好点，家人和长辈都在省会，离这地方近，方便很多。双方的同事也是免不了的，还有同学，洛云负责通知男生，小艾通知女生，各自决定哪个要通知到，哪个又可以不用理会。

小艾第一个通知了琴琴，电话那边的她兴奋不已，好像比她还高兴，说小艾是她们宿舍第一个嫁出去的，眼看着其他宿舍的姐妹们都一个个出嫁了，她们宿舍的却都还没安定下来，这下可好了。琴琴自告奋勇地说要过来帮忙，也可以当伴娘，被小艾这一刺激，她也打算明年就修成正果，看来也没什么机会当伴娘了，所以这次一定要给她这个机会。

打完一通电话，该通知的都通知到了，除了隔壁宿舍的小楠。本来小艾和她关系一般，但是去年小楠结婚的时候也通知了她，她还托人带了红包。这次自己结婚，怎么也要通知到她吧。可是打了几次电话，都显示关机，莫非她换手机了？小艾问了其他几个同学，也都是这个号码，还有什么办法能通知到她呢？

其他联系方式？MSN？自己没加过她；QQ？也许这倒是个好主意，上大学的时候加过她，可以试一下，虽然自己从毕业后就没用过了，希望密码没忘。

试了三次排列组合的密码之后，终于登陆上了，看到那些灰色的图标，小艾心中涌出熟悉的感触，那时候花在上面的时间可不少呢！也见证了自己的一段岁月啊！她看到小楠的头像还是灰色的，于是点开，在线留了言，这样只要她上线就能看见，也只能做到这样了。正要下线，小艾突然看到自己信箱里显示有两千封信，怎么可能有这么多垃圾邮件？小艾好奇地点击进入，却发现几乎都来自一个邮箱地址，她打开一封，呆住了。

14

小艾：

原谅我现在才给你写信，原谅我现在却开始给你写信。

最近这一个月，是我最黑暗的一个月，先是没有按时赴约；然后是研究生考试的失败。也许是到了该说再见的时候了！

说再见，是因为我相信我们能重新再见，在那个时候我有勇气，有能力说出对你的爱！是的，爱，我曾经多么害怕说出这个字眼，在离别的这一刻，我终于脱口而出。因为我知道，我没有什么可以失去，我拥有的，是记忆中你的一颦一笑，这些，永远都不会失去。

关于未来，我想我需要好好想想，如果你在我身边，你会怎么说呢？我这个四体不勤、五谷不分的人，还真是失败啊！我不知道四年前为什么会选择学习经济，这明明不是我的兴趣。如今，当我考虑去报考自己喜欢的专业的时候，结果却是失败，我是不是应该再坚持一年？或者，我当初的选择就是自私？不应该再继续错误下去了。

我需要好好想想，我多么希望你能在我身边啊，而这一切，原本或许是可能的。

李文

2000年7月21日

小艾：

现在开始码字和诉说对你的思念。

对于爱人，思念来源于每一次短暂的分离，几十个小时或十几个小时的分离足以将人的想念酿成一坛美酒。而我的思念，是从未拥有过的绝望思念，是桃花潭水深千尺的那汪碧绿。

那一定是桂花酒！对，就是那种淡淡幽香的酒酿，不是烈酒与洋酒，它柔和而可口，但依旧会醉人。或许在整晚的深夜，或许在白天的某个瞬间，点点水滴汇成江河，变成汪洋。或许就是那一缕阳光射在眼睛里，恍如电击，周身温暖起来，发觉冬日里的萧瑟不那么苍凉了，感觉到自己的心跳与呼吸声，以及缠绕在其上的丝线在向远山蔓延，蔓延到眼前的草色都绿了起来。于是，想用自己的眼睛刻录下眼前的一切，再见面后让你凝视，告诉你有你的世界会变得不同。

眼睛，是我的眼睛，我想起了古希腊的一个神话故事，现在要讲给你听：

传说在很久以前有一个底比斯王，有一天他在神庙中听到了可怕的神谕，那就是他的儿子将杀死他自己并娶王后为妻，而这个时候王后已经快临盆了，于是他下令杀死这个马上要出生的孩子。婴儿被扔在了荒无人烟的大森林里。

就像很多故事一样，孩子被一个猎人救活，送给了另外一个国王。这个孩子就是著名的俄狄浦斯，等他长大后，有一天他听到了一个可怕的传言，就是自己会杀父娶母，他还以为自己是养父母的亲生孩子呢,于是他决定离开，去避免这个悲剧。

这个时候，狮身人面的斯芬克斯来到底比斯王国，每天说一个谜语，答不上来就吃掉一人。这让年迈的国王无能为力，他要去神庙再次祈求神谕，于是命运把父子俩拉到了同样的分岔路口。在这个分岔路口，父亲的马车挡住了俄狄浦斯，双方争吵起来，老国王傲慢得用鞭子抽打他的儿子，而儿子顺势将衰老的国王拉下马，一拳毙命。

国王的仆从四处逃散，回报国王被盗贼所杀，俄狄浦斯继续前进，来到了斯芬克斯的山脚下，斯芬克斯说出了那个著名的谜语，“什么动物是早上四条腿，中午两条腿，晚上三条腿？”俄狄浦斯说是人，斯芬克斯应声坠崖而亡。他被当做拯救底比斯的英雄，被臣民推举为新的国王，并且不可避免地娶了他的母亲。

尔后十几年平稳地过去了，直到有一年一场瘟疫爆发，神庙中的神谕显示是因为老国王的冤魂没有得报，俄狄浦斯发誓要追查真凶。可是哪里也找不到，于是他去问盲人预言家提瑞西阿斯，盲人说这件事情的真相是非常可怕的，但是在俄狄浦斯的坚持下，他说出了所有一切，那个玷污这片土地的人就是你啊！

得知这一切后，他的王后也即他的母亲自杀了，他刺瞎了自己的双眼，在长女的搀扶下到处流浪，在历尽艰险后来到了神定的归宿地，阿提克的克洛若斯，进入了不许任何人进入的森林。“被禁止的秘密不该用语言触及……现在，很奇怪，我又成了你们的向导。”俄狄浦斯留下了这样一句话后，在电闪雷鸣中走进圣地深处，旁人仿佛看到了什么可怕的事物，用手遮住了脸，就这样，他突然消失了。

是的，只有刺瞎了双眼的人才能够看到事情的真相，而有一双明目的人都被镜子中的幻境所吸引与拘束，直到自己亲手打破镜像，才能脱下一身的罪孽，走向命运的黑森林。

我突然想到了老家的小狗，你看，它对于镜子没有感觉，完全意识不到自我，而对于莫名的远处玻璃门上反射出来的自己的模糊阴影却狂吠不止。这是为什么？我想，大概是因为它不是靠眼睛来感知这个世界，而是嗅觉，当它看到很近的镜子时，它完全没有闻到生命的气息，所以也无畏了，而远处的阴影带给它的威胁是实在的。

所以，让我们闭上眼睛，用肢体的细胞来感受我们这个世界吧，来感受我爱的你吧！

爱情是什么，不是靠视觉与听觉来感知，而是靠触觉、嗅觉这样最原始的，最本能的反应来感知，只有这样才能超越世俗、经验的迷雾，达到幸福的彼岸。彼岸，彼岸是什么？是俄狄浦斯破碎虚空后的雷鸣电闪吗？还是在天堂里的无刺的玫瑰园？是前世今生不变的结局？还是有这么一块地方，我们的灵魂在那里相对而卧，是极度的安静与干净？

这些都不是彼岸，或者如果这就是彼岸那么过程的幸福又在哪里呢？我们应该得到的是一长串的幸福编织而成的金色巨毯，而不是历尽艰难最后走进森林拿到那个世界或许幸福的通行证。为了这个通行证，俄狄浦斯弑父娶母，最后在自己的妹妹或女儿的搀扶下走向命运的终点，如果这就是爱情最后的结局，那我愿意睡在玫瑰色的梦里永远不醒来！在梦里，我不需要眼睛，我不需要刺瞎它，我就任凭它合上，我的直觉告诉我你在哪里。你的味道有别于任何一朵玫瑰花，也胜过任何一朵玫瑰花的味道，抓住它就抓住了你！

在玫瑰花的梦里，园丁会死去吗？

李文

2000年8月20日

小艾：

今天我又找到工作了！

记得我上个月写信告诉你，我决定回老家的城市工作了，不再追求所谓的梦想了，我决定向现实低头了，我比我想象中还要懦弱很多。

我觉得我过去很幼稚，什么才是梦想呢？现在才是梦想吧，让家人日子过得更好一些，能够让亲人衣食无忧，这不就是我的梦想吗？

现在我的工作是销售经理，当地一家销售教学设备的公司，规模倒不小，背靠当地的大学。以前是学经济的，现在终于要和生猛的经济来个紧密的拥抱了，不知道结果是什么样啊？

九月了，小艾，这是以前我们开学的日子，每次都很期盼，期盼能看到你。期盼一个假期后你的变化，或者是不变。如今呢？银行忙碌的工作让你消瘦了吧？保重。

李文

2000年12月1日

小艾：

我来到这个城市的最高处，三十二层的大楼顶层，整个城市都匍匐在我的脚下，我突然有一种怅然若失的感觉。说来你要笑话我了，这里的大厦哪里能和你在的上海比呢？

但我也曾雄心壮志地幻想征服这个城市，这关乎到一个男孩试图变成男人的尊严！后来，我终于明白，现实总会照进梦想的黑洞，我可以回家洗洗睡了，而且那也将是梦啊，只不过是打着鼾声的。

确实，我的梦想越来越浅显最终还是与鼾声和谐在了一起，这让我长长出了口气，所以今天我觉得站在这个城市的最高点就是一种征服，这种征服来得这么容易，都有点不好意思了。

昨天晚上看电视，一个节目记录两个旅行者从中国一路向北搭车直到柏林的经历，这让我感慨不已，真是浪漫的流浪。自己也曾经无比向往过这样的生活，行走在荒漠上，舔舐着寂寞，苍凉的北风吹过，这不就是那匹来自北方的狼吗？离家出走的渴望总是让少年心潮澎湃，去远方，去远方，两条通向远方的铁轨是血液中的图腾。

后来，我们隐隐约约懂得了寂寞，那首《流浪歌手的情人》又让我找到了出口，两个人去流浪该是多么浪漫的事情，当然，这在古代就叫做私奔，我前几天听到昆曲的《夜奔》的片段，那铿锵的哀怨当时把我感动得一塌糊涂，后来才知道是林冲在夜奔，还以为是个汉子携着他的婆娘私奔呢，天知道我怎么会听昆曲，居然会流连于那段古老的旋律中，是否说明自己还有那么一点文化基因呢。

有那么一点的文化也不能摆脱自己是个俗人的基本定义，所以我流浪的梦想慢慢消失了，现实开始与梦想合谋，陷害我于不义。在我刚刚回到这个城市的时候。大街上的宝马香车轻裘，让我忍不住想要袒右臂，放肆大叫：王侯将相宁有种乎？不过没办法，我发现自己真不是这个种，当然我还会自嘲因为自己不够坏，坏得不绝对、不纯粹，不过这也是没种的表现之一。好在周围的人也没几个特别发达起来，所以不用品尝酸涩的嫉妒滋味，虽然大家都忙得像狗一样，但是好像量变怎么也达不到质变，这让大家都有点绝望，但还都能忍受。生活嘛，大家不都这么过吗？

扯远了点，那两个旅行者在吉尔吉斯斯坦和乌兹别克斯坦的边境遇到了麻烦，地图上的边境站点关闭了，他们需要拦车去找下一个可能的过境点，语言又不通，只能拿石头在地上比画，天也快黑了，他们有露宿荒野的可能。就这个时候，节目结束了，预知后事如何且听下回分解，屏幕上打出这么一行字："如果你坚持自己的梦想，全世界都会帮你！"这句话更是把我的感慨撩拨到最高点，是啊，自己的那些流浪的梦想呢？以及后来慢慢冷却的征服和最终被征服的梦呢？这让我有点神伤，但是，还能够在物质世界的角落偷偷地把玩精神世界的小哀伤，这本身就给我带来一种不为人知的优越感。

但是，如同所有故事都有一个最后的“但是”一样，我突然意识到被节目骗了，因为记录下他们冒险的全过程并且播出来被鉴赏，就意味着一个摄影师和一个摄制组在全程陪伴，他们或许还有自己的车，可是却还在满世界的找车拦，就是在看来最孤寂的时候也会有个保险的底线，还有工作人员陪着呢，那些给他们搭车的路人，也许是因为看到两人后面扛着摄像机的摄影师才放心给他们上车，不然谁搭理他们啊，万一在下个路口就被钓鱼了呢？

这种看穿的感觉让我有点被愚弄的愤怒，被欺骗了。还有好不容易兴起的那些小资情怀，容易吗？就这样化为泡沫了，兴味索然了，如同刚要入口的水煮鱼被白开水浸泡了一阵子，不过自己怎么也是看穿了，总好过大部分看不穿的继续被愚弄的人吧？我又有点小得意起来，生活呀，总是那么峰回路转！我于是细数自己平时看的节目，发现要么都是千篇一律，要么就是假装高尚。话语，话语，真正的话语在哪里？我越想越觉得有一张巨大的网就这么罩着，我已经习惯了欣赏与品评镣铐的精致，却忘记了牢房的逼仄，我觉得自己就是一条小小金鱼，当要浮出水面的时候就会窒息，只有安于那透明的鱼缸，才能平平安安地活着，至于是不是无忧无虑，那就要看主人的心情了。主人，小时候不就被教育要有主人翁意识嘛，还说自己是这个世界的主人，所以自己也不亏呀，想来想去，小艾，我决定要迅速结束这个无解与无聊的思索，现实太沉重，但还要靠它保暖呢。

小艾，絮叨了这么久，还没问你今天好吗？没有像我这样神经质的思索吧？那样就好，我希望你永远简简单单，拥有最简单的快乐。

李文

2000年12月5日

小艾：

今天下班时候，公交车上高架，路边有几株梅花开得正盛，只有两三株，白衣胜雪，在灰色的丛林中居然有蔚然的气势，看得我心中一喜，该是多久没有留意这个角落了，每天都是匆匆来，匆匆去，浑然不觉春天的印记已经染上了城市的眉梢。

昨天一个实习的同事离职，当时不禁感慨人生的奇怪，昨天今天还在一起，吃完这顿饭就再也不见了，嘴上会说，以后多联系啊，心头也是有些许真诚的，但其实知道基本上是不会再相遇了。

老实说，我和那位同事接触的时间不长，但不知怎么就有一份莫名的惆怅，“人生若之如初见，何事西风悲画扇”。而这初见而不再见，莫不也是一种淡淡的忧伤？我们一生会遇到多少这样匆匆一见而别的人，还记得去年冬天和同事出差又回到上学的城市，在夫子庙，那人看着巷口的草书牌匾疑惑地问：“乌衣巷？”几个月后，这“乌衣巷”还在，人却离职了，他估计也只是我脑海中的一朵浪花，消失在绽放的时刻，或许下次再到乌衣巷，才会想起吧。此时，当我想到这个的时候，总有一种奇妙的安静，似愁似倦，如同看那夕阳下的大地，山顶上的繁星，大海边的孤舟，山涧的小花。啊，那美丽的辰光。

唉，自己也已经很久没专心读一本书了，去一个地方了。有时候也分不清到底是喜欢读这本书，还是喜欢读书的状态。上次出差从西宁回来的大巴上，照例从包里拿出一本书放在面前，一路颠簸，倒也没看几行，但是我记得有阳光从车窗外照在书与膝盖上，在乍暖还寒时候，有一种无比的温暖。这感觉一部分来自于阳光，一部分来自于眼前翻开的那本厚书，居然给我以一种安全的厚重，有如实质。抬头看窗外，远方的大河波光粼粼，却在这一眼间顿失滔滔，透明而凝重，就在我别过头的刹那，能感觉到它们继续无声的奔流。

人生莫不是就由这一个个瞬间组成的吗？或伤悲或欣喜，定格的那一刻就是永恒，流走的下一秒方为不朽。走一个地方到另一个地方，都是公务，确实是谈不上专心去过，记得几天前到县里一所著名的中学谈业务，校方就安排我们住在学校的招待所里，摆设是极其简单的，简单到我有点欣喜了！好久没有住过这么清冷的房间了，这里才能找到久违的羁旅的感受，窗外就是学校偌大的广场，当时窗外是阴雨连绵，傍晚时分，学生一个个散落地走出校门，我赶紧往透明玻璃杯里放上一大撮茶叶，拿来热水瓶，倒上满满一杯，热气腾腾恍惚了眼镜片，整个世界也一下子活了过来。这茶，这书，都有如此的功效，所以我也常常忘了茶有多香，书有多精彩，它们安静的还在那里，就是最大的价值。

想到大学时候，我和洛云说哪年的清明时节要去杭州西湖一游，如今，这久违的期待又浮上了心头，一些古典的词儿从心底冒出，打湿了我的行囊，仿佛说停一停啊停一停，来望望这美丽的风景吧。

春日徐徐，柳叶拂身，微风燕子，剪落眉黛，实乃望天际而小日月，顾左右而短寸阴。夫若春雨绵绵，亦别有一番洞天，乌篷兰舟，湖心徜徉，涟漪寸寸，茶香渺渺，觉心为行役，叹浮生若梦，若烟，若雾，但愿一品，一笑，一宿。然常有喟叹之情，心向往而身不至，世事如尘，何处能寻鸡毛掸子，奔波如鼠，哪里可找一梦黄粱？故身为根本，望秋月春风，似酒，似茶，似水，但求一饮，一酌，一醉，从此人生岁月蹉跎，皆无需萦怀，与此情此景呼应。隐则如二月初雪，寂寥无痕；出则如三月杨花，飘洒释然。

三月初的西子湖畔当是如此光景吧？如你一般，虽然只是在梦里出现。

李文

2001年2月25日

小艾：

有很多次，我站在窗前，看框子内的风景，我不知道这些普通的景色要告诉我什么，但是它们存在着显然是想告诉我些什么！我想我可能应该认真看看它们，因为大部分地方我都不会再来了，不管是大西北的某个农村学校，还是苏南的城镇。从这个意义上说，它们都是独特的，但我只会挑选我私自认为值得的，留在记忆的闸门里，其他的于我只是过客。那些我过滤掉的景色一定会在我生命的最后跳出来，报复我吧，大声抗议我没有领会它们的意图，没有记住它们的模样，白白浪费了通过命运这辆列车把我带来的机会。

好吧，这沿途经过的风景，你们想告诉我什么呢？告诉我曾经经历过，抑或想告诉我正在经历失去，将来……将来的风景将永远地消失在将来的未来中。而过去的一切，却停留在我们的心驻扎的地方吧。

如果我用我的本心来看待它们，它们必然是苍白的，如同摄像机一样的直白，但是我的心里后来多了很多的色彩，也许没有一般人那么多，但毕竟是存在的。天地的万物都可以用来做调色板，阳光就有很多种颜色，有绚丽的红、有古铜色、有灰色、有黑底金边，还有无法名状的光彩，这些都是我们每个人的小秘密。犹如小时候喜欢看晚霞下的云朵变幻，仿佛那里就有一朵是自己的马车或战车，那朵就是敌人，那朵就是不知名的怪兽，所有所有，都仿佛是一瞥而过的灵光照在你我身上，这一瞬间就是一辈子。

啊，那一瞬间，我们有多少个铭记一生的瞬间，来自未来的子弹击中了我们的大脑，于是我的过去死去了，现在停止了，将来复活了……

我又想到了这样一个故事，传说在德国的一个很古老的村庄里，有一个金银作坊，老板的手艺远近都没有人比得过，他有一位年轻漂亮的妻子，随着年龄的增长，他迫切想找到一个有天赋的徒弟将他的手艺继承下来。但入得了他法眼的人怎么也没出现。

直到有一天，这个古老的作坊来了一个沉默寡言的学徒，平凡而木讷，但是他是真的有天赋！老金匠发现自己所教的他很快都能学会，而且渐渐地比他做的还要好，客人都喜欢这个年轻人打出来的首饰，但是这个年轻人还是那么沉默，这更加让老金匠嫉妒，而不知道为什么他年轻的妻子好像更加讨厌这个年轻人，于是他们商量要邪恶地将他双眼弄瞎，这样他就没法再制作首饰了。

他们选在一个雷雨交加的夜晚，老头拿着钉子和锤子，妻子拿着煤气灯，他们来到可怜人的房间，一个闪雷打过，老头举起了手中的锤子，将学徒的一只眼睛钉瞎了，这时候又一个闪雷打过，妻子看到年轻人的另一只眼睛睁开了，没有愤怒与痛苦，正深情地凝望着她。这一瞬让她浑身战栗，灯被打翻在地上，烧起了滚滚大火，将三人与整个作坊埋葬。

啊，那一瞬间的爱情之光，足以毁灭一切。我们的眼睛或者被自己弄瞎，或者被命运弄瞎，而在这之前，我们贪婪地望着这个世界，而常常忽略了世界赐予我们的风景。我的眼睛因为装下了你而变得神采奕奕，这就是世界的天赐，有你，我的调色板变得更加细腻，都是些以前想都没想到的颜色啊！这就是眼睛的功能，世界给我们不是为了接受风景，而是去感知、去被感知、去表达爱、去射出爱的惊鸿一瞥，让整个世界颤抖而燃烧。

可是，或许我们看到的不是对方，而是自己的映像，仿佛我们每天面对着许多镜子，将我们自己包围，对方只是在水银那面的投影，我们意识到的是混合的残影。而真正的你，被我抛向了世界的另一个角落，你也将我抛向了另一个角落，真正的我们会在空中擦肩而过，只有极少的那个在空中碰撞，如流星般爆炸。这个就是命中注定的唯一，没有人能够解释为什么，因为我们在空中相撞，陨灭，却化为一体，这不是神的旨意，而是我们无意识中的抛掷，无意识的爆炸，就在我们的星空中，那首歌："别哭，我最爱的人，今夜我将如昙花绽放，在最美的一刹那凋零。"其实，我们不应该哭泣，我们应当狂喜，我们通过毁灭，互相毁灭走向了永生，回到了永远的家园。

当我有一天真正死去，下一刻可能就是人生的边上，我老了，向你挥手，向依然年轻的你挥手，我这个跌落的尘埃终于要回家啦，你来吗，或许我们可以一起回家，也许别那么急，都走过了大半辈子，也不争这一时半刻了。这仿佛是一场游戏，而游戏是我们孩童时的咒语，我们长大后都忘了《阿里巴巴和四十大盗》的咒语是怎么说的。可是我们小时候是知道的，我们那个时候真的可以打开宝藏的大门，寻找到最值得炫耀的宝贝，我们那时候真的可以打败巨兽以及一切外星生物，可是，这一身的本事，随着我们老去，而慢慢从我们身上流逝而去了，是的，我们的本领再也找不回来了！当我们在办公室里看着电脑时，屏幕后面的文字啊图像啊都在笑我们，你啊，真笨，你小时候可是可以驾驭我们的啊，现在却被我们控制。孩子为王，时间就是孩子在掷骰子，你是个好孩子，所以你掷出的骰子轨迹无比清晰，我可以认真地抓到，所以，我们曾经在空中相撞了。

哦，小艾啊，你听到了那生命中的撞击声了吗？

李文

2001年8月22日

小艾：

急就章

——出差中场

三月的雨带着去年的寒，
从第四个日子的天空掠过。
远处的大河已然凝固，
在被我思想起的一瞬。
还绿着的植物是在耗费昨春的激情，
坚固，凝涩。
只有那光秃的树枝才是青春的献祭，
等待，绽放。
没有人知道与在意我的思念，
它盘旋在这冰冷的小城上空。

却陨落在你顾盼与回首之间，

然后超越灰尘却被泥土覆盖。

被旅人达达的马蹄惊醒午夜，

是我种下的种子在慢慢苏醒。

古希腊的猫头鹰要大声盘旋，

才能俯瞰我微笑的灵魂存在。

来！李商隐的锦瑟借我一用，

去！今晚我就要踏上归乡路。

李文

2002年3月4日

小艾：

我曾经在边城的夜里仰望星空。

那偶然而得的一份璀璨印入心灵，至今还在这里。我无法辨别出星座的名称，却望见了它们如此存在，心里有了永久的悲伤。那时候，我们的车在盘山公路上蜿蜒行驶，窗外是一片漆黑，只听到汽车的马达声，但是那份清晰的记忆，如同夜风拂过我的眼睛，我又看到了你的眼睛。

那天夜里，我一次次与地上的星光与天上的街灯邂逅，每一次都有豁然开朗的感动与淡淡的忧伤，我希望这条路永远这样旋转下去，但只有一晚，时光只为我停留一晚，多了我无福消受也不愿意承受这永恒的回眸。

但是，夜风吹碎了星光，只在昨夜的湖畔。

那一夜，我从遥远的南国飞来，飞机盘旋降落，我第一次感到了这个城市灯火的辉煌与渺小，一圈、一圈、一圈，那金色的光亮，如同海面上漂满了千万盏橘灯，开始是点点耀眼温暖了苍穹，然后是一条条的横竖直线，最后居然完成了一个巨大的圆圈。这就是我的家园，高迪说人类定义直线，上帝采用曲线。我不得不承认，人类总是在最初的横冲直撞后，有意无意回归上帝的怀抱。我也将慢慢融入这远处温暖、近处刺眼的光圈中。

飞机最后的盘旋后，还是要有一段斜线降落，它掠过一幢幢密集的楼群，灯火辉煌地告知了我它们的存在，我却分明看到它们暗黑的四周是一片片无声的钢筋森林，密密麻麻，偶尔的一盏灯火就足以出卖它们的隐匿。那灯火辉煌中点点的黑暗，如同一口漂亮的牙齿中掉了的那一块，所有的秘密全从缺口中走来。

它们如同一排排垒放整齐的火柴盒，掠过我的身边，我看到了光，就应该看到了生命，看到了同类，那里有繁华，有青春，有一切的一切，虽然不属于我的现在，但或许属于我的过去与将来，但我遗漏了它们，被我消失了。

李文

2002年12月2日

小艾：

前两天没有给你写信，今天给你补上。

之所以没有写信，是因为外婆去世了，这几天一直在乡下老家，昨天晚上刚刚回来。

外婆是老毛病了，这几年一直拖着，其实大家都知道，这样的结果，对于她，对于家人，都是解脱。

解脱？我还是无法接受这样的字眼。小时候我几乎是她带大的，我最喜欢睡觉前听她的故事了。乡下地方有什么故事呢？无非是鬼啊神的，比如老巫婆吃小孩的手指关节，就像吃果子一样。阴森鬼气但兴趣盎然。而这些，成了我心灵中最大的秘密领地，如今这个秘密花园的老主人已经离去，花园也要被埋葬了。

她去世前一天，我还看见她在院子里晒太阳，阳光温暖，有一只刚出生的小蜻蜓飞到了她的藤椅前，她一伸手，神奇般地抓住了它。然后捏着那薄薄的翅膀，把手伸给我，笑着说："这个送给你玩去！"那一瞬，我仿佛回到了童年，也是这样的下午，这样的阳光，我前一刻还蹲在地上，用粉笔在胡乱画着。

怎么也没想到第二天，她就去了。

我没有流泪，如今写到这，我却禁不住有一股想哭的冲动。我想起姨妈们哭道："从此以后，我就是没妈的人啦！"是啊，从此以后，我也是个没有外婆的人了。想到这，肝肠寸断，难以自已。

生命是什么？我该庆幸得不到上帝的垂怜，如今还在苦苦思索这个问题吧。还记得那天我们在灵谷寺看到的夕阳吗？哦，或许你早已忘记，因为上塔的不是你。我想我们都不会忘记那晚霞吧，于我那就是生命。我从来没有像今天这样痛恨所有的不明就里的朦胧玄思，它参不透因果与生死，又有何用？我多么愿意做那只蜻蜓，柔顺地被她抓住，而不是像现在这样被命运捆绑着，永远无法见面！

小艾啊，有时候我害怕时间过得太快，害怕你的影子的渐渐稀释；有时候我又想让它走得快一点，再快一点，一眨眼一年、五年、十年就这样过去了，那么附生其上的生老病死，哀愁与悲伤都会被一笔带过。我宁愿那午夜梦回的徘徊与不舍也不想去品尝现世报的刺痛与真切。

希望你永远莫经历这样的思索与苦痛！

李文

2003年5月25日

小艾：

昨天晚上，看电视换台的时候，突然一张沧桑的脸晃过屏幕，一瞬间定住了按钮，那么熟悉与陌生，仿佛是个故人与老人，怔了一怔，仔细看到屏幕下的小字，“诗人音乐家张楚的专访”，啊，果然是他，但怎么变得这么沧桑了，脸上的皱纹深入灵魂，一个小老头呀。节目已经进入尾声，但他一张口，那熟悉的感觉又仿佛瞬间回来了。

他之于我，就如同一个时代的开始与结束。当年的魔岩三杰中，当年老邱的那些卡带中，最喜欢的就是他了！那么一个小小的人儿，静静地站在麦克风前，无法想象怎么会爆发出那样的梦想或幻想。他喜欢他的那些歌，《上苍保佑吃饱了饭的人民》、《冷暖自知》、《蚂蚁蚂蚁》，首首都是美丽的现代诗，或许不能用美丽来形容，不是天然的和谐，是灵魂的刺痛后的舔舐与不羁的慵懒。

我知道这是个注定流浪一辈子的人，但没想到若干年后时光可以在他身上留下这么明显的痕迹，也许击败时间的唯一办法就是在速朽中达到不朽。

又开始一遍遍去听他的歌，沉寂太久的耳朵又被唤醒，如今的它们已经听了太多没有营养的语言，丧失了批判的能力，或者这边进那边出，或者耳洞如黑洞，懂得麻木与不仁。

我坐在土地上，我看着老树上。

树已经老得，没有模样。

我走在古道上，古道很凄凉，没有人来也没有人往。

我不能回头望，城市的灯光，一个人走虽然太慌张。

我站在戈壁上，戈壁很宽广。

现在没有水，有过去的河床。

我爬到边墙上，边墙还很长，有人把画刻在石头上。

我读不出方向，读不出时光，读不出最后是否一定是死亡。

风吹来，吹落天边昏黄的太阳。

《西出阳关》、《西出阳关》、故人何在，故人何在？人是大地上的异乡者还是诗意的栖居在这大地上？张楚仿佛在孤独地吟唱着，带着盛唐气象，但那是那个时代摇滚的最后一抹残阳，晚唐已经不可避免地到来，隔壁的杜牧、韦庄们面对残羹乱盏已经开始佯醉，罗带轻解，还不忘用银筷敲打青瓷碗碟，唱出那个时代的摇滚。毫无疑问，一个大时代的结束已经不可避免，不管是战乱离散还是歌舞升平，灵魂已经死亡，诗人这个行业行将结束。

在诗人死去的时代，我们还有什么？我不禁大口呼吸，过去的贫困而快乐的春天已经翩翩离去，那时候我什么也没有，没有信用卡，没有二十四小时的热水房间，和舍友在宿舍里夜夜聊天，仿佛有聊不完的话，这个世界向我们敞开了大门，但是不知道未来有多远，以为四年可以是永远。

突然到了今天，春天仿佛过去，却还看不到收获的秋天，忙得像是家里三伏天里的狗，没有多余的汗腺，所以总是不停地哈气。那些寂寞或许再也回不来了，但现在的寂寞也是过去无法理解的呀！我多想带着心爱的姑娘——

小艾，和你再回那熟悉的时光里，多想再看一眼那时纯净的天空，但觉得自己总如陶渊明诗歌里的出岫白云，曾经美丽与哀愁，顷刻消失于晴朗，无影无踪，消失在茫茫的蓝天中，说那是更大的美丽了，可是我在哪里，我在哪里？气息弱了，唐诗也变成了宋词，我一遍遍从李太白的大江走向李后主的林花里，虽然气若游丝了但灵魂还活着，可是如今，诗人在哪里？诗人在哪里？

李泽厚说中国文化是一种“乐感文化”，不求神的眷佑，不求先验的世界，只关注于此岸的幸福，彼岸的花开花灭也归于寂静。但是，在这苍茫人世间行走，需要多么大的乐观与达观？又要越过多么悲怆的尘世，那种现实感如影随形，如噬骨之蚁，但先人们从内里澄清世界，照耀庙堂，归于江湖，那是多么大的荣光，共三光而永光。

这是西方的理性之光吗？不是，它比之柔和而温暖。

这是西天的佛性之光吗？不是，它比之明亮而沉静。

在西哲的光芒万丈下，我看到了从柏拉图到黑格尔高扬的理性的旗帜，看到了从叔本华、尼采以来毁灭性的意志的魔力，他看到了万城之城罗马的建立，看到了上帝之城的坍塌。看到了如今世俗的光芒掩盖一切，上帝死后，哲人亦亡，庸人高呼万岁，贵族的旗帜依然飘舞飞扬！

我们是否正走在他们的老路上？我要大声呼喊，无论如何，请已死的耶和华和西天诸佛保佑吃饱了饭的人民！

李文

2003年7月1日

小艾：

今天当我敲击这些文字的时候，我突然意识到，已经三年了。

离我写给你的第一封信已经三年了，三年了，给你写信已经成了我的生活常态，犹如对你的思念。

这三年里，我正在慢慢变化，工作正在将我慢慢打磨，虽然我不愿意，但我感觉自己的棱角已经不再如昔日分明，这样的温吞水，足以腐朽我的灵魂。同事们之间的皮笑肉不笑，对于领导的阿谀奉承，没有人会说一个“不”字。或许到了该离开的时候了，但我已经过了可以贸然下决定的年岁，再等等看吧。

可是你却没有改变，三年了，你还是那个穿着白色毛衣，笑起来很好看的小姑娘。我想你，有时候在路上，在擦肩而过的人群中，听到类似你的口音，我的心还在不住地颤动！我依然害怕看到你的眼睛，但我又无比期盼，你的眼神将如闪电一样将我击碎，我却甘愿！

蓦然回首，你又在哪里？你永远活在了我的二十三岁，多么美好的事情！我常常会想，在我心中，你到底是怎么样的？你会是什么颜色的？当我思念你的时候，你就是宝蓝色的，如同六月的印度洋，在同一片大海上，赵家的天子也曾流浪想着汴梁；当我不惦念的时候，你就是纯白色的，你是我所有剧本的底色，在同一页纸上，莎士比亚还在做着仲夏夜的梦；当我遭受挫折的时候，你总是绿色的，埋葬我这颗脆弱的种子；当我偶尔成功的时候，你却是咖啡色的，因为苦涩的你给我甜蜜但遥远不在身边。

我已经不再期望你可以看到这些信，就让它们一出生就死亡吧，隐匿在因特网的某个角落，然后慢慢地被遗忘。我依然要感谢你，小艾，是你给了它们生命。尽管是多么微不足道的生命啊！

李文

2003年7月21日

小艾：

你今天应当为我高兴，你应当为今天的我高兴！

我做了一个决定！辞职！

终于，是的，终于辞职了，对于这份工作，我想我没有太多的不舍，虽然我的业务做得并不差，虽然我的努力并没有白费，但是，我总是缺少一种归属感，那种致命的归属感。

还记得几个月前的信里我告诉你，我通过了教师资格考试，当时你一定觉得我是疯了，考着玩玩的吧。而今天上午，我被这里的一所高中录取了！

也许你还是说我疯了，因为我居然选择当老师！

是的，这些年我做教学仪器的业务，去过很多学校，碰到过很多老师，见过很多学生，我觉得冥冥中有一种力量在呼唤我，老师，才是我安生立命的职位。

你知道我最讨厌对老师的一种称谓是什么吗？就是“老师是人类灵魂的工程师”。那简直是亵渎了人类灵魂！任何试图改变人类灵魂，试图塑造“正确”人性的人，都是罪恶的始作俑者啊！这样的说法，隐藏的前提就是无论用什么手段来改变人的合理性！所以，我以后，只会给我的学生各种各样的选择，我要做铺路人，而不是道路！

我知道，我会撞得头破血流，这些，在面试的时候，我没有和面试的老师说。但，这是我的信念，纵然有太多的挫折，我也会在心底坚持。当然，我也不会大声疾呼，我只能用行动来说话。我很高兴，在我这年纪，还有梦！虽然是如此卑微，你该笑了吧，但是，我还是觉得自己很幸运！就让我遵循内心的本意吧，如果我非要属于一种宗教，我想唤它做“理性”，我想你又要笑了，像我这般感性的人，怎会服膺于理性的脚底？所以这才是我的宗教，对于自己无法达到的理性的叹服与追求，总是在矛盾中一遍遍厌恶自己的擅长，期盼自己可以成为镜中的反面。我愿让理性的启蒙神光照耀在我的生涯之上，哦，这样的祈祷本身就是它祛魅的对象吧，但是我真真切切想让我的学生不要如我这般，以后会记住要说实话，做实事，你看，这不也是我正改变的方向吗？

我相信你一定支持我的决定。我也希望你能早日找到你安生立命的归宿，当然也许你早就找到了，是我多虑了。

李文

2003年9月2日

小艾：

温州，乐清，二月，一隅。

空气温润而清淡，雾气正浓，是南方的味道，我站在一所学校孤单的走廊上，这是我们在遥远省份的兄弟学校，想想刚入行就能跟在校领导后面出趟差，也是不多得的赏识吧。

孩子的欢笑仿佛还没有走远，我正在看不远处的民居和稍远处的山。

那是四五层高的水泥楼房，墙面已经灰暗与斑驳，窗户里伸出的长长短短的晾衣架上挂着的床单、衣服，在微风中飘逸，如同万国国旗，宣告着他们主人国度的主权。各式各样的主权，是各式各样的生活，或许却也是整齐划一、千篇一律的生活，在这夕阳下略偏远的小镇。

是山给了这普通的民居不一样的感觉，这是大自然下人拼命发出的呼喊声，努力的、突兀的存在着，多少年了，于是也就有了远山回音、鸡犬相闻的和谐，反而在我的心底映射出一份或许早就存在的苍凉。

山是蓝色的，我早就该想到这样的颜色，我突然想到，如果我老了，山是永远不会老的，当我老了的时候，是什么样子的，会想什么，还会想到小艾你吗？山是永远不会知道的，我感觉到了悲哀。这种悲哀，在儿时就已经种下，那时候，总喜欢学着老头的模样，颤巍巍地说，我……今年……已经七十岁啦……我想，那时候的我一定觉得人老，是一件非常有趣、可爱并且值得自豪的事情。幼儿模仿老人，这或许就是一种隐喻，将缠绕我一生的隐喻。

在这个平凡的世界上，简单地活到七十岁，本身确实就是一件值得自豪的事情吧！而我所有的悲哀与忧愁，全部来源于所爱人的不在场，多年前那个校园中的我，满足而充实，你最简单的一颦一笑也能让我沉醉不已。而往后的岁月里，我看到所有的一切里，都有你的影子，我想自己不是已经过了多愁善感的年纪了？还是那样的往昔岁月从来就是一场空？

走过的岁月越多，我对于故乡的感觉就越是模糊。故乡，不该是那个在心底永远安定的西北农村吗？大日头下干裂的大地与尘土飞扬的喧嚣，偶尔豪雨之后泥泞不堪与归家时溅满泥点的裤脚，在灶台烧饭的外婆每天黄昏先看到的就是这双泥脚吧。于是，家家烟囱里有了第一缕炊烟。很早整个村庄都睡着了，等待第二天天麻麻亮家家窸窸窣窣地起床、做饭、下田。外公的那辆破旧的小小拖拉机是我小时候的圣地，那矮矮的、窄小的车厢，是我认为世界上最安全的洞穴。

长大后才知道，我们每个人都是穴居动物，写字楼、住宅，都是一个个的洞穴，我们在冰箱里储存着足够过冬的食物，可是，那窄窄小小的车厢，仿佛离我越来越远了。

故乡，是最舒服的姿态，和用最舒服的姿态过冬。而现在，让我对着那一片苍凉的土地，过一整个冬天，却会有种不时凄凉的感觉。仿佛间，仿佛间，我本该爱上的，传统的中国农村，无论是北方还是南方，都失去了心灵的共鸣。我开始向往欧洲的小镇，地中海的海边，热带的温暖的季风吹过，一百年都不曾改变的风景，与我爱的你，安静徜徉，这才是我最后的物质家园吧，至于我的精神家园，我想早已在你的身上扎根了。

家，是夕阳下的咏叹调，小的时候，我很难理解“近乡情怯”的感觉，那些风尘仆仆的旅人们，在每个多愁善感的夜晚，星空璀璨如孩童的眼睛；在每一个凄风苦雨的白天，尘土泥泞不堪远行的路；在每一个草长莺飞的岁月里，空气温润而柔软。他们的心底里总有一块柔软的地方在隐隐作痛，渐渐化成了彻骨的痛。于是，他们多少次向故乡的方向回首，有几次似乎已经慢慢靠近家乡，这时候，他们摇摇头，叹了口气，返身，继续前行。

多年的漂泊，足以使他们将他乡当做故乡了，而故乡，已经成了血液中永远的血红蛋白，是他们精神的源泉，但物理的故乡也已经消失了，他们的行程总是在故乡边上画上一道华丽的弧线，一次次擦肩而过，他们说这都是命中注定啊，但也是用他们的双脚亲自丈量出来的呀。他们不是吉卜赛人，他们需要狐死首丘，他们喟叹树犹如此，他们就是被阿基里斯追赶的那只乌龟，双腿是阿基里斯，而心灵，就是慢吞吞移动的乌龟，永远永远比双腿要慢很多，但永远永远无法被追上。家乡，就在不远的遥远之地，在自己身后的一点点的地方，前方的显现是镜像的投影，离得越近，其实就是越来越远，越来越远。

我每天会写行走的笔记，不是因为多么热爱这种生活，而是想记录下没有你的失语。

我想到今天上午在这个学校走廊的时候，是的，又是走廊，与本雅明的拱廊街相反，学校的走廊是寂寞的陈列，等待片刻喧嚣的安静。孩童的娱乐随着急促刺耳的铃声而突然消失，连一点尾巴也没有留下，偶尔还站在走廊上的学生是犯了错的惩罚，是画地为牢。对于教室里的孩子，走廊却是通往自由的机关，走廊于是成了双重角色的重复与叠加。

这个时候，还有些匆忙往教室跑的孩子，如同惊惶的小老鼠，脚步轻促，其实是青春的讯号，还有有条不紊的沉重的皮鞋声，那是老师踱步而来。听到走廊上传来的这个声音，教室里的叽叽喳喳的小老鼠们都正襟危坐起来。青春与年老、反动与权威、喧嚣与寂静，每天都在窄窄的走廊上登场落幕，这是人与大自然合作的杰作。

傍晚时分，是走廊最华美的时候，人群已经散去，还有个把同学在走廊上嬉戏，这是一天中最自由的时刻。那或隐或现的笑声与打闹声，穿越时空，仿佛早就在这里存在了。这是黄昏的呓语，向日葵的剪影，失去与得到的交汇，今天与明天的重合。

待到夜黑时分以后，走廊的灯也熄灭了，这里成了一块死地，白天的追逐的影子在黑与灰之间若隐若现，仿佛如恶作剧的小鬼，随时会跳出来吓你一跳，每一个教室里都是黑糊糊的，不敢把脸贴在玻璃窗上凝视里面，是否会看到一双调皮的眼睛呢？这是孩子与孩子白天影像在夜晚的残留，夜是温柔的、包容的，轻轻地盛着这些玻璃碎片，小心地把玩，不想打扰到如我这般的路人与过客。

白天里，我看到学校隔壁的工地上，一个孩子在沙袋垒成的小山上独自伫立，他并不孤独，相反自得其乐，他用脚踢打着破旧沙袋里露出的红色木屑，又找到一块木板，弯下身来挖掘，那里有什么我们不知道的秘密与宝藏吗？过了一会儿，他大概有点累了，叉着腰站在小小的山顶上，他成了这个世界的国王，俯瞰他的王国，志得意满。

等我再回到那个走廊的时候，孩子消失了，去巡视他的王国了吗？还是被妈妈叫回家，回到了臣民的身份？我不知道，走廊也不知道，或许孩子自己也不知道。

夜深了，我要睡去了。

李文

2004年2月15日

小艾：

很多时候，我现在的读书处于一种“补课”的状态，去阅读那些似乎早应读过的书籍，比如那些经典的世界文学名著，从巴尔扎克到莫泊桑，从《红与黑》到《罪与罚》，从一个世界走到另外一个世界。在翻开这些书籍的开始，我总是要感叹一番光阴的虚度，这些不应该是十年前的那个少年读的吗。至少那个时候还有大把的时间可以挥霍，可以毫无顾忌、无缘无故地爱着与恨着，犹如那些有着神经质性格的人物一般，就如同多年前的你一样，我想到了那个伫立在新华书店中瘦弱的身影，我在重复你的眼睛走过的旅途。

而如今，在青春的尾巴上还可以做着玫瑰色的梦吗？在玫瑰色的梦里还能抓住青春的尾巴吗？而每当翻完一本这样的名著，我却会有一种庆幸，庆幸自己与它们邂逅在这样的年纪，不是太小也不算太老，十年前的那个少年怎么能理解里面的爱与恨、伤与痛。但或许，其实它们就像一个三棱镜，不同样的年龄与经历都能映射出不同的光影，以前的我或许能映射出七彩的清澈，如今，则是单色系的简单与无奈的“深刻”，我甚至可以看到若干年后的自己在他们面前反射出的那一道古铜色的夕阳光。这些都是时间所赐予我的礼物，而它们则是包裹这礼物的天鹅绒。

我正是带着这样的情绪阅读完福楼拜的《包法利夫人》的，我感叹于作者那不朽的笔触可以触及人的灵魂，好像包法利夫人的欲望与痛苦、生活与毁灭，无时无刻不在世界的各个角落里登场，或华丽或简陋，只是，包法利夫人的那一出走到了极端。

“物质带着诗意的感性光辉对人的全身心发出微笑。”你猜猜这是谁说的话？出自严肃的《马克思与恩格斯全集》，也许只有严肃的人才能把真理说得这么诗情画意。包法利夫人则是在这微笑里荡漾了，沉醉了。沉浸在物质里的爱情也化成了那一杯饮鸩止渴的慢性毒酒，包法利夫人是单纯的爱情物质主义至上者，她是属于巴黎的蝴蝶，却飘落在乡下小镇，幻想在凡尔赛的花园里翩翩，于是在幻想中起飞，在尘世中煎熬，转眼间郁金香就变成了白玉兰再变成栀子花，最后，哪怕是一朵看上去还算清丽的雏菊也会让这只蝴蝶在欲望中沉沦至死。

而她，在那个物欲横流的世界里，固执地沉浸在物质温暖的微笑中，而这样的微笑，这样的世界，在今天我们看来一点也不陌生。巴黎是18世纪世界的首都，这样的时代精神却一直延续到21世纪的今天。香奈儿说过，奢侈的对立面不是贫穷而是粗俗。这句话本身就宣告了物质主义的胜利，宣告了它一种普度众生的可能性，也宣告了我们时代的悲剧，金字塔顶间的快乐下累积着夯实的贫穷与粗俗。

她不知道，那些简单的幸福，从伊壁鸠鲁的浅浅葡萄酒杯里打过转，从曾子踏春沐浴的浅唱低吟中走过圈。它呀，不在李白的酒里，那太梦幻；不在杜甫的梦里，那太凝重；不在莎士比亚的羽毛笔端，那太华丽；不在巴尔扎克的啤酒肚上，那太市井；不在清明上河图里，那是旧日的繁华与梦的凋零；当然也不在浮世绘舞女的翩翩裙摆里，那有前世留下的痕迹，还要来世来的消遣；这简简单单的快乐，需要每天把我们送上上班的路，带回回家的街。

如果说艾玛的梦是持续不变的时代精神，那么，药剂师奥默则告诉了我们另一种时代精神，就是一知半解的科学主义加上一知半解的唯物主义调和出来的兴奋剂，贴上“进步”的标签，那就似乎包治百病了。在我们这个时代，依然到处可以看到这样的兴奋剂，幸运的一面是这至少说明了我们还在进步，不幸的是这样的进步可以把跛子伊波利特治成截肢，也可以把一个民族的灵魂截肢，多少悲剧正在假借“进步”的名义上演。而扼腕叹息的是，物质主义的毒酒和庸俗唯物主义的兴奋剂掺和在一起，那就会造成整个世界的病态，比如尼禄的罗马、路易十四的巴黎、石崇的金谷园、天宝年间的长安、十里洋场时的上海，在这样的世界里，华美的蝴蝶终究要飞入捕蝶人的梦里。

小艾，我又怎会忘了，你不正在那曾经纸醉金迷的上海呢，如今又是怎样的光景？

李文

2004年11月12日

小艾：

聚散两依依，聚散真容易。和你分别这么久，这仿佛是我生活的常态，没有聚散的离别，魔障了，你是否明白？

而最近，我发觉自己如同朝露晚霞，对于感情这阳光愈加敏感了。一点点光线的起伏都能在心底击起涟漪，湿润我的眼睛，让我挥发于虚无。这种特殊的体质或许来源于我的少年时候，每次外婆来到县城里，我都会迫不及待地问她什么时候走，不是想让她走，实在是珍惜她在这里的时光，我想知道这确切的时光，然后慢慢消化离别的难过，在离别未来之前。

我在去你城市的列车上，正在慢慢咀嚼这样的思绪。火车行进的节拍如歌，打在心坎上，窗外渐渐黯淡下来，所有丑的美的，都被涂上了深深的黑，我想自己不应该感到孤独。孤独却在这最不应该出现的时候击中了我，之前之前的离别、之前的离别、未来的离别、未来未来的离别、将来而未来的离别、未来而将来的离别，所有的虚幻，都网住了我的心，如同温暖的梦境，绽放在极冷极冷的荒野中，我愿沉沉睡去，再也不用醒来。

我想起了刚毕业那年，在西南那个陌生的城市，冬天三四点钟的时候天就开始黑了，我坐在从市中心到宿舍的班车上，车子里稀疏地坐着几个人，如同车窗外不知名的树上那些散布的黄叶，一次次开门，关门，他们飘零而落。而我就是其中一片在空气中飘零的落叶，自个儿打着转，也许会和其他黄叶擦肩而过，仅仅擦肩而过，我曾经以为自己学会了飞翔，最终才明白那只是见证了风的有情与无情。

我想到刚到那儿的时候，是那么的新鲜与简单，如同那里的空气，现在的我，还是那么简单但已经不再新鲜了。我曾经有过几个月时光住在靠海的宿舍里，走过一小片草绿，就能看到那大片大片的蓝色，暗暗的蓝色。那时，我每次都是在夕阳西下的时候，走到海边去看看，每次都是在上完孤独的一天班后，趁着天还没有全部暗掉，去海边。

走在长长的海堤上，我发现沿线总会停着几辆车，车里的人把车窗摇下，迎着闪亮柔和的夕阳，眯着眼睛，望着大海。那是一对对的中年人，他们与这风景是那么融洽，哦，欣赏啊，这至美的夕阳。

远处有孩子与狗在海边嬉戏，他们的欢笑却让我心生那一点点的悲，我才发现，自己的耳朵比眼睛更多愁善感。而当我闭上眼睛，海风拂面，这种孤独就愈发滋长出来，而一睁开眼睛，温暖的夕阳又会包容住我的心。我走下海堤，海水拍打着金色沙滩，古铜色的夕阳铺满了半边海面，粼粼如鱼龙温顺地浮出水面，静静期待来自远方的抚摸。远处是从附近海岛驶回的末班海轮，我会捡起一个石子，向远方用力扔去，以为会是很远，但是那么的近，就是几个海浪的距离啊。

距离？那时候我离你的距离是无限的远，超过了世上最远的距离，因为我们还没有在一起过呀，我该如何排遣那浓郁的思念，那未来的思念？我又该用怎样的方式来想念你？若干年以后，当我和你一起，或许在异国的海边，看着金色的沙滩和海洋的时候，是否会想起这样的傍晚？那个时候，我独自享受着迷茫与孤独，那却不是一个人的风景，我知道我在未来会等到你的注脚，那天边最萧瑟的一朵残阳，就是你来自未来的叹息啊！我又怎么能够明白？

刚刚来那座城市的时候，不也是这样的傍晚吗？我还不知道会遭遇那样的夏天与海，我忐忑而兴奋，思想着未来的岁月。刚下飞机，匆忙赶上去这个陌生城市的班车，看着流逝的风景，闻着流逝的轻风，天如约暗下，我遥想明天早晨的第一缕阳光。当天晚上，我像个孩子一样翻来覆去，我专门带来了一个小小的闹钟，放在床头，希望可以滴答出催眠的夜曲，我以为这样就可以掌握了时间，其实，我连轻微的时差都抵挡不过，我将对于故乡的思念死死压在枕头下面，一个翻身就会有不小心的渗漏，沙沙如大海轻抚沙滩，如同此时我在海边听到的声音。

这声音同样让此刻去远方的我恍惚起来，无论是在列车，还是在班车上的我，想起在不久的过去与不远的将来。当我离开那异乡城市的时候，末班车去机场的大巴前，好几个同事正挥手告别，告别这段干净简单的时光。那个夏天，终于也到了离开的时候了，我期待着这样的离别，故乡的气息如罂粟一样迷人，但是，在很久以后的今天，当我回想起那个离别的傍晚与清晨，却被悲伤重重击中，我回想起那一双双挥别的手，有的脸却已经模糊了；回想起在那个城市的日日夜夜，有的夜已经沉没了；回想起那一条条林边小路，有的街已经消失了；回想起那些朋友与生活，有的人永远不会再相见了吧。

我想带你重回那里，让你感受我的感受，思念我的思念，让我昨日近日他日的思念重合，凝结成此刻车窗外最后一抹夕阳。

我的世界黑暗下来了，等待前方城市的那一盏等待的灯火，嗯，就在前方呢。我知道一周后，在回程的路上，我将甜蜜而忧伤地沉没在黑暗中，我将离你如此的近，又如此的远，微小露水得以保存的唯一方式就是隐入黑夜，这是我对抗寂寞的方式，用更黑的黑涂抹黑，用更寂寞的寂寞抚平伤悲。

时间走得很快，再多的日子也有如电闪，何况这短短的几天呢？只有在遥远边陲异乡的夜，时间才会停滞吧，因为那里的空气是与自己绝缘的，不会催促细胞的生长与老去。我还记得那年某天夜里，已经两三点钟了，为了化解孤独与困顿，我走出单位宿舍，走在了空无一人的街道上，犹如漂泊在异乡的孤魂野鬼，却害怕碰到真正的幽灵。有夜枭的嗷嗷声起，抱怨我叨扰了它们的清梦，我看着路边那一幢幢悄无声息的院落，月光下斑驳的墙壁，墙壁上攀爬的藤蔓，藤蔓间开出的惨白色小花，小花瓣上反射的清冷的夜光，这样的光让时间凝冻，这瞬间让我恍惚起来，恍如梦境。

彼时彼刻，莫名小花反射的瞬间光芒足以让时间停滞，我仿佛在等待未来的爱情如闪电划过天际，将这瞬间永恒的牢笼击碎。

后来，此刻，我在这样的列车上，明白了那样的瞬间将不再出现，因为空气里充满了熟悉的养分，我的心属于旅途，我不再孤单，也不应孤单，只是这聚散，真容易。

李文

2005年9月1日

小艾：

你永远不会想到，我现在在哪儿给你写信！

也许你正在这个城市的一个角落里休憩，也许你刚从对面的街角走过。

我坐在这里，刚刚，当我抬头的瞬间，一个修长的身影从门口掠过，这身影，却让我回到了白衣飘飘的年代，那是你吗？那是你留给我最后的印记吗？

我来这里，是参加一个自费的培训会，我来，因为我知道你就在这里。

上午会就结束，大部分人安排去浦江游览了，我却更愿意在这个城市最古老的心脏晃荡。本雅明说：溜龟。是啊，在这个城市最繁华的拱廊街，我要做一个龟速的闲人。半天的时光太短，我不期望能有什么浮光掠影的发现，我这是想呼吸这个城市本原的空气。

也许真是有缘，我居然走到了常德路上，才发现这座公寓原来就是张爱玲的故居，我真要感谢命运的安排和自己的福缘，再走一次路线，注定也会和这里擦肩而过。

我信步而入，一楼是一个咖啡书吧，里面古色古香，耳朵里是老上海的唱片声。我对这里的咖啡不感兴趣，看上的是那一排排书柜。上面外文书居多，但也有很多关于张爱玲的书籍。我突然想，为什么不买一本她的书呢，就在她曾经生活过的楼下？

于是，我从书架上拿下了一本《金锁记》，这是我看她的第一本小说，我本想拿《倾城之恋》，似乎这本书更适合这个城市的风格，以及那浪漫的爱情情愫。但是，我想还是忠于自己的本心吧，还是忠于事件的原点吧。

付账的时候，一百元的钞票服务员却找不开，说没有那么多零钱了。于是刷卡，但刷了两次都没有成功。我心中一动，问道："要不我点一杯咖啡吧？这样加上书也差不多一百了，总找得开了吧。"所以，我就点了一杯拿铁，坐在了咖啡厅的最里边。

我向服务员借了支笔，想在刚买的那本书扉页上写点什么，却难以落笔。

女服务员端来咖啡，俯身递上咖啡的时候，看到了这本书，轻声问我：“你也喜欢张爱玲吗？”

“不，我只是路过，刚好看到。”

于是她又轻轻地走了，我看到那杯咖啡，那白色的泡沫，闻到，那久违的咖啡香。这是最简单的拿铁，也是普鲁斯特每天早晨的必需品，加上巴黎一家店独有的羊角面包。我没有他的才华，却也没有他的哮喘、消化不良、皮肤过敏、畏寒、恐高、咳嗽、恋床、恐惧噪音、臆想死亡，也算是无比幸运吧。

于是写道：

“咖啡只剩了半盏，却是刚好；

人生走过一半，却也是完整。”

我想起张爱玲说过的一句话，在青春时代，女孩子有可能几天就是一辈子；等老了，才发现一辈子就是几天。

于是我抬起头，就看到了你。

看到了你的残影，在这个城市的幻影，我想是在这个城市，不由得我不想起你吧。

这或许就是这个城市的魅力吧，不在于它现在拥有什么，而在于曾经拥有过的东西。那些如风飘散的岁月啊，以为过去了，其实都在呢。只要有心的人，在不经意撞见那些冰冷的物件的时候，正暗合了心中某个角落里潜藏的心情，说不出是什么样的心情，但就这样，产生了化学反应。于是乎，再看这个城市的眼光变了，变得那么温情、那么湿润，街头巷尾阿婆阿公的吵闹声也变得柔软，可以掐出水来。破旧脏乱的小巷里，也散发出古董般的青铜光亮，等待人的把玩。更不用说，那夜上海了，那远东曾经最繁华的都市，真是天上的城池。

小艾，你在这里过得好吗？是否知道有个人正在记挂着你？他离开你的时间已经很久了，距离你的空间也许曾是那么的近，但又将是不可抗拒的遥远，遥远如初。

你，就如同这座城市一般，给我莫名的思念，或许这也暗合了我心中哪一块东西？我不知道，也不想知道，容我这般放肆地想念。

李文

2005年9月4日

小艾：

五年多了，我已经习惯了思念。

我业务学习完毕，又回到了故乡。

现在每天的生活都很充实，从早到晚泡在学校里，回家后还要备课、读书。我是班主任，这就是所谓的责任感吗？我只是觉得那些孩子都像一颗颗珍珠，容不得我不好好珍惜。

虽然我有时候对于那些调皮的孩子也很火大，但是，我承认，我内心还是有一点点偏爱他们，我羡慕这样的孩子，他们有我期盼的过去，可以无所顾虑、聪明伶俐。而长大后，他们将不再透明，我多么想给他们加上一层保护罩，至少，让他们学会保存一点点的天性。

他们也是我的老师，教会我如何保持一颗年轻的心呢！当然，你切莫以为他们的一切都是洁白无瑕，如果按我们的定义。是啊，我说他们和我们，这其实就表明了一种区别，我永远成不了他们的一员，我与他们之间永远有距离。

我叫他们孩子，是因为他们是自然的。他们会自然地在课堂上大声喧闹，会自然地在课后鸡飞狗跳，会自然地在校园里秘密恋爱，会在犯下错误后自然地矢口否认。遇到他们后，我常常在想一个问题：人性中有可恶的一面吗？或者是不那么讨喜的一面吗？我们班有个男生在课间抓了只老鼠，用绳子拴在了他讨厌的一个女生的课桌里面。隔壁班的一个女生，刚刚因为发现怀孕而被勒令退学了，而她却怎么也不说谁是元凶。这些看似不纯真、不快乐的事情还有很多，小艾，你觉得人性当如此吗？

现在，我好像明白了，问题永远不在于那脆弱的人性，试图追求本质的人最终都是历史上的可怜虫，我们有太多好心人办坏事的结局。为什么？就因为不明白所谓的人性都是制度、环境造就的，当我们苛责人性的时候，为什么不想想是什么造成这样的呢？康德说过："人性这根曲木，是决然造不出任何笔直的东西。"

我，作为一个老师，首先是孩子的朋友。其次，我想，我不应当让他们放任自流，在制度只能如此的时候，我需要弥补对于他们不好的影响。我要让他们看到还有很多条道路，让他们多读些明白书，做些明白事，不要如大众一般随波逐流。

我自忖，我这样做，不是害了他们吧？为什么心中总有割舍不去的启蒙情结，总是试图让理性的光辉照耀他们的道路？而那些孩子，就是我试验的牺牲品？我不愿意这样，所以，也常常为此在梦中惊醒，汗流浃背。我想，这是我心中的一道大坝、一个筛子，时刻提醒着我该如何自处，如何与孩子们相处。

我知道你最喜欢孩子，真希望有一天你能看看我的学生，你也会为他们骄傲的！

李文

2005年9月10日

15

天已然亮了，小艾还坐在电脑前，她不知道自己哭了几次，笑着哭了，或哭着笑了，表情仿佛已经不属于自己的了，灵魂也不知道去哪里了。

信还没有看完。只看了一大半，还有那一小半她却舍不得再看了，她只想藏在黑暗中，如同刚刚采摘的一箱甜蜜果实，如果不开封，好像永远不会过保质期。又好像魔术师的宝盒，倘若不开启，就将一直带给她等待惊喜的快乐与幸福。她觉得这些文字如同清晨窗台上水晶玻璃杯上的露珠，呵一口气，它就会如同受到惊吓的小精灵般跳入空气中，消失了。所以最好的办法就是假装不去搭理它们，装作一本正经地收拾窗台，蹑手蹑脚地擦拭桌面，偷偷斜睨着它们，你会发现它们正发出恬静的光亮，其实也正偷看着你呢，清晨娇嫩的阳光下，它们眼波流动，可爱至极。

而这些不正是上天赐予她的礼物吗？这些礼物，在他送出的时候，已经不再属于他了，甚至在他写出的瞬间，也已经逃逸出他的心力之外，被赋予了生命。伟大的文字犹如珍宝，该放在祭坛上感谢上苍，或者藏于诸如卢浮宫这样的殿堂，再次也要在名山大川中的馆阁里谋得一席之地。而他这些文字，虽然细琐微小，但毕竟是只送给她的，不是钻石、水晶，但也是那晶莹的露滴，五年时间的灌溉，也足以支撑起一个小小的世界。在这个世界中，她就是至高的王者。但是，它们也并非属于她，虽然她拥有了它们，它们在阳光中嬉戏消逝，空留水痕，所以她只有将它们锁在潘多拉盒底，保存它们最好的方法就是不去触碰。

是啊，五年了，每天一封信，他告诉了他的一切，她从来没有离开过他！虽然这中间有五年的时差，但是这些文字又点燃了小艾心中沉睡已久的心。是的！她曾经以为这颗心已经为另一个男人敞开，现在才发现，原来她一直是封闭着的，而她的渴望，她对于爱的渴望，早就牵挂在了千里之外。

小艾摇摇晃晃地走到床前，和衣躺下，望着天花板，那些大学时代的所有片段又串在了一起，原来如此清晰、明亮，只是自己从来不愿意去触碰而已。为什么那晚你没有来？为什么啊？为什么没有接我的电话？为什么赌气没有接你的电话？为什么自己五年来没有看过这个邮箱？为什么你只用这种方式联系我？为什么又非要被自己发现？为什么前几天没有走进那个咖啡馆？这，难道是命运吗？

但是，这难道是不幸吗？小艾心想，不！她的心中此时其实充满了骄傲，是的，她喜欢的人也如此爱她，五年如一日地爱她，这世上还有比这更幸福的事情吗？而她自己呢，是的，她现在无比确定自己也是爱他的，而她也明白他的爱，只是当时的他们太腼腆了，不懂得表达，害怕拒绝，他们都是同样的人，所以才会彼此错过。哪怕，就算，以前没有爱，在看完这些信后，在这个晚上，小艾突然明白，自己也无可救药地爱上了他！

难道就这样错过了吗？不！可是自己的婚礼呢？洛云！小艾心中突然出现这个名字，心头突然一痛，是啊，自己居然这一夜都没有想起这个名字。怎么会这样？她突然明白了她不爱洛云，从来就没有爱过，只是接受而已，接受了洛云送上的心。而之前的不接受也是因为内心深处还期盼着另外一个名字啊！这个念头如同闪电般刺穿她的心，她战栗起来。可是，他的心？是啊，这个曾经说她比自己生命还重要的男孩，自己又如何面对他呢？自己是对不起他的，就算和他在一起，也是对不起他的，小艾心中充满了悔痛，以及深深的负罪感，这突如其来爆发的感情要将她击垮了！

“上帝啊！我该怎么办？我该怎么办？”这个巨大的声音在心头呼喊，她忍不住要大声叫出来，“不！我一定要和他见面，我一定要见他！一定要见他！”

小艾突然想到琴琴说过十一是他们毕业五周年的同学会，他或许会去的，应该会去的，那么他们就能见面了，可是，如果他不去呢？那该怎么办？不！他一定会去的，他既然写了五年的文字给她，那么上天不会和她开这样的玩笑，老天既然让她看到了这些文字，而且在最后一刻看了，那么一定有意义，这绝不会是一件无意义的事情！

同学会？那么不是和自己的婚礼冲突吗？天啊，自己居然没有想到这点，居然忘记了对一个女人来说最重要的时刻！那该如何？不行，一定要推迟婚礼，一定要推迟！自己一定要见他，问他个明白！问明白什么？问他是否还爱她？这不需要问，她毫不怀疑他对她的爱已深入到骨髓，那么问什么？问他是否愿意接受她？问是否两个相爱的人能够幸福？对，自己应该试一试，就当赌博吧，但是，当真爱来临的时候，有什么能拒绝，能阻挡？！

看到小艾推开房门的样子，妈妈吓了一跳，女儿脸色如此苍白与坚定，脸上有泪水冲刷留下的痕迹。“怎么了？小艾？”妈妈的一声询问把小艾拉回现实，她叫了一声“妈！”就哭着冲上前，紧紧抱着妈妈，是啊，这或许是她唯一的力量来源了。

“怎么了？别哭别哭，是洛云欺负你了？”

小艾抿着嘴，摇摇头，她有千万句话要和妈妈说，可是怎么开口呢？

“别哭，孩子，谁有不吵架的时候呢？有什么事情和妈说来听听？”

“妈，我准备推迟结婚。”她的语气平淡，唯有这样才能掩饰她内心的汹涌澎湃。

“什么！”妈妈的身体晃了晃，手中的茶杯掉到地上，摔得粉碎。

“妈！你没事吧？我扶你坐下。”说着小艾把妈妈扶到椅子上坐下，蹲在她的身前。

妈妈虚弱地摆摆手说：“没事，我没事，你们到底怎么回事？”

小艾于是将事情告诉了妈妈，听完后，小艾发现妈妈闭上眼睛，却没有说话。

小艾忙问："妈，你怎么了？你不要吓我！"

妈妈睁开眼睛，显然刚才是强忍住眼泪，已是通红。

"孩子啊，你这是怎么了？你知道什么才是你的未来吗？"

"我知道，妈妈，以前或许不知道，现在知道了。"小艾轻缓地说。

"你知道？你说你知道？孩子，我告诉你，你的未来是和洛云在一起！"

小艾低下头，不敢看自己的母亲，不敢看那张关心而责备的脸，她低声说："妈，我已经决定了！我一定要去见他！"

说完这话，小艾发现妈妈放在椅子上的手用力抠着扶手，手背上青筋凸出，显然正在用力压抑着怒火。

"妈！"小艾抬起头，看见妈妈的胸口正在不停地起伏，脸色苍白，嘴里不停地说："你会毁了你的，你会毁了你自己的！"

小艾已经从蹲着变成跪下了，说："妈，对不起，我也不想这样的，但是如果这次我不去见他，我会后悔一辈子的！"

"你去了难道就不后悔？"妈妈的声音大了起来，"你怎么这么不懂事！”

“去了有可能会后悔，但不去一定后悔！”说着小艾哽咽了。妈妈看到女儿这样，想到女儿从小就是外柔内刚，倔强无比，长叹一口气：“唉！都是你自己的事情，我说什么都是没用的！”

“妈！”小艾跪着向前挪了挪，抱着妈妈的双腿，将脸埋在其中，大声哭了出来。

小艾不想瞒着洛云，也瞒不住，所以约他在家门口的茶吧里见面。

洛云听完小艾的话，脸色苍白得像一张宣纸，已经忘记了在上面涂抹任何笔墨。

“推迟婚礼？小艾，你想明白没有？！”

“对不起！”

“就为了那些信，你疯了吧，小艾！”

“对不起！”

“你怎么这么自私啊！小艾，亲戚朋友我都通知了啊，那是我们的婚礼啊！”

“对不起！”

“你想明白没有啊？小艾！”

“对不起！”还是那句。

片刻之后，洛云迅速涨红的脸平静下来，团在一起的眉毛也舒展开，在那宣纸上有了深浅的印记，他又说话了：“我就知道是这样，总有一天会这样，毕业那天我就不该灌他那么多酒！”

“你知道？”小艾抬起头。

“我不知道，但是他那患得患失的样子，你当晚拒绝了我，却准备接受他对不对？”洛云表情淡然，但那之前揉成一团的纸上总会留下浅浅的褶印，他们都觉得自己活在了凹凸褶印的里层。

“你，真无耻！”小艾一字一句说道。

“我无耻？我无耻也是因为我爱你，你知道吗？这就是爱！我想和你在一起！我愿意为你做任何事情！你知道我有多爱你吗？你知道我有多痛苦吗？我也是无辜的呀，我并不知道你约了他见面，就算知道，我这样做又有什么错？我并没有阻拦他来找你啊！”

小艾沉默了，两人都不再说话。

过了许久许久，洛云开口了，嘴角有奇怪的弧度：“对不起，小艾，我不该大声吼你，可是现在我告诉你当初的情形，这样你心中的愧疚就会少很多吧？”

小艾的眼泪掉了下来。

洛云递上纸巾，沉声说："你看，就一晚，我原本可以亲手抚摸擦拭你的泪水，而其实，我本来就不会让你流泪啊！

"小艾，我阻止不了你，可是我想告诉你，如果你遇到幸福，我祝福你，那是你应得的。如果你碰壁了，我也会在这等你，那也是你应得的。"

说完，洛云长叹一口气，站了起来，头也不回地走了出去，他怎么能让心爱的女人看到自己流泪呢，那张面皮上的宣纸也被丢弃到了风中，他觉得已经不再需要它了。

这是一趟开往未来的火车。

未来有多远？或许就在明天吧。

世上哪一趟火车不是如此呢？带着一路风尘开往远方。只是，对于大部分人而言，前方是已知的目的地、是家、是过站、是终点。这些，在拿到票根的一刻已经注定，或许中途换车，无论过程曲折，也只是实现了那窄窄票根上预设的几个汉字。这是世上最袖珍的地图，却也是通往心底的通行证，是啊，那两三个汉字代表的地名，也许已经或将要融化在某些人的血液中了。人生的旅程莫不也由这张张地图拼接起来的吗？从此处到彼处，从彼处到原点，按图索骥，图穷匕见，那是锐利或寡淡的心情，是记忆构建的原点与终点。

而对于小艾而言，前方是确定的城市，却也是不确定的明天。这座城市她是熟悉的，四年大学生涯是她自己的一个时代，而从来至今，这里只是她的一个站台，她要路过这里，在这里停留、休憩，但在安顿片刻后终要出发。她觉得自己就像一粒尘埃，她感谢有两座城市如同巨大的容器包容她，收留她，但她还是要飘向未知的地方。她不是无所依托的浮萍，她的根在故乡，她的幸福在河流的前方。这一次，她将在这里收获幸福还是悲伤？她不知道，她在通向答案的路上。

火车的速度很快，路边的景色迅速倒退，这是与时间赛跑吗？但时间却悬浮在空中冷冷嘲笑，它该用成熟与衰老来度量，步调一致，童叟无欺，包容一切，无法被超越，残影是最好的结果。雨还是落了下来，小艾看见雨打在车窗上，又被巨大的力量抛开，空留水的残痕，无数条痕迹重重叠叠，遮住了小艾的窗户。于是，朦朦胧胧起来，景色都变成一般的灰，而时间，奇迹般地静止了。

小艾期待就这样永远静止下去，这意味着没有变动，而没有变动就是没有选择，不需要选择也是一件幸福的事情。是吗？这是一种幸福吗？小艾想到，自己不也是不接受安排好的命运吗？其实，这安排好的，也曾经是自己的选择啊！但是，没有办法，自己的决定也许是错误，就算注定是错误，那也是她依据自己的本心，她不会后悔！

火车出发的时候还不是这样，秋天的阳光洒落在铁轨边高低不平的楼房上，那是镶满金边的音符，奏响了工业城市的协奏曲，是在向自己告别吗？小艾心想。不是镶满金边的就是温暖，也许只是冰冷的钢铁之光，而温暖，来源于朴素的衣食无忧以及内心的充实。温暖，是能量注入后的波澜，而不是逝去的虚脱。所以，这个城市有太多的假装温暖，物质之光永远反射出最本质的需求，而人为的矫揉造作、假装高尚、甘于现状，才是那铺天盖地的浮尘。

小艾的心却是满满的，那里面充满了爱。

爱是盲目，爱是煎熬，爱是痛苦，爱是歇斯底里，爱是洪水猛兽，爱是诸恶之源，但谁也不能否认爱存在那毁天灭地的能量，以及那伟大能量带来的先天合法！所以，爱是法，是破坏一切的法。当爱来临的时候，人只是大海中的一叶扁舟，偏偏要去祈祷风暴的猛烈。风眼中的人呐，心中充满了狂喜，却忘了命运的扁舟正在颠簸起伏，大地正在摇晃，而他却以为是命运的垂青，幸福地昏厥！但是，我们有什么理由来责备他们呢？我们不能因为自己的无能而嫉妒那伟大神秘的力量，我们讴歌它、赞叹它、呼唤它，因为我们也想被它击中！我们对那些幸运儿，不屑地说："瞧瞧这些可怜的人啊！"那只是因为我们自卑的嫉妒，而嫉妒，正是爱的恶果，我们不曾采摘爱的果实，却已品尝了其中的苦涩；我们不曾被丘比特的箭击中，却已经感受到创伤的痛苦。但这，不也正说明了我们心中有爱的基因吗？它正蠢蠢欲动，试图突破理性的地壳，爆发火山的能量，是的，我们不能因为注定要成为火山灰而抵抗地能的涌动，那伟力是来自远古的图腾，是繁衍未来的源头。

火车刚出城市的时候，阳光还是好好的。小艾看到了满眼的绿色，这才是生命的颜色呢，这让她很舒服。其实，小艾并没有觉得钢筋混凝土的城市就是那么冰冷，那么无情；而乡村就一定是温情脉脉，泥土就一定是芬芳可人，空气就一定是和谐自然。她忘不了小时候三伏天妈妈的辛劳，晚上还要给自己扇蚊子，下雨天街上的泥泞，发大水的恐慌。是啊，从乡村走向城市，再从小城市走向大都会，这是一条必由之路吧，而再由大都会回归乡村，也许有一天会成为普遍的行动。而现在，这只是有钱人的奢侈和大众的情绪表达与自我安慰。所以，不应当把罪恶归于城市，乡村也不是天生的乌托邦。城市内滋生的种种，不在于城市的建立与繁荣，而在于利用这些的寄生虫。砖瓦房的栋梁在腐蚀，不是把它重盖成茅草屋就能解决的。

她本想看看落日时分的乡村，看看炊烟袅袅，那种原始的场景，契合我们心情中最深藏的部分，带给我们安详与平和。但是，雨来了，火车就这样在雨雾的昏暗中来到了目的地。

她来到了约好的宾馆，很快就和先到的同学接上了头。大家都知道了她婚礼推迟的消息，而这次洛云也没有来。但是没有人和她提任何有关婚礼的事情，大家有说有笑，好像又回到了大学时代。小艾很感激同学们，不曾让她感到一点难堪，就连平时那个叽叽喳喳八卦不已的琴琴，也像没发生任何事一样，黏着她尽说些趣事，却也绝口不提洛云。“多好的同学啊！”小艾心底里暖暖的。

在李文走进大堂的一刻，小艾就看到他了，还是那么瘦，腰杆还是那么笔直，而面容，却不似过去那么白皙了，书生气也凋落了很多，看来，岁月也让他从男孩变成男人了。小艾看到李文看过来的眼神，还是那么清澈明亮，其中有熟悉的关切与爱护，她感觉到了自己的心跳加快，忙低下头，啊！原来自己在他面前还是这样啊！她抬起头，李文的眼光还在她这里停留，她笑了，他也笑了。

同学们慢慢都聚集过来了，毕业之后，每个人的轨迹都走向了不同的分岔口，如今，又有机会重新聚集在一起，又怎么不让人高兴呢！大学时代，他们仿佛是一个人，一个人身上的五脏六腑，毕业后，他们就成了一团散沙，各有各的精彩与悲苦。五年了，大家或多或少都有些变化，大宏现在是公务员了，嗓门虽然还是不小，但也修炼得字正腔圆。经济当年保送研究生后，居然以惊人的毅力考过了注册会计师，现在在政府税务局工作。他的苦日子算熬到头了，滋润的未来正向他招手，小肚子也出来了，大家笑说他更加猥琐了。李文正和他们打着招呼，突然看见老邱施施然从房间走到大堂来。

一走到李文身前，老邱就来了个熊抱，大笑道："哈哈，文啊，好久不见，比以前黑了很多啊，不过我喜欢，哈哈。"

李文从他怀抱中逃脱，仔细端详起他来，老邱更老了，额头上那些皱纹更深了，头发被剪成了寸头，人却精神了很多。于是笑道："老邱，我觉得你越来越像鲁迅了。"

"丢你老母，我最讨厌的人就是他了！"

"你看你，永远是那么刚烈，老邱，最近怎么样，娃儿都很大了吧？"

“丢，娃儿他妈还不知道在哪里呢！”

“啊？还是单身？你不会还是忘不了她吧？”

“她多了，你说哪个？”老邱大笑道。

“滚！”李文骂道。

“文啊，我当然不会为了某个她了，就是这么多年一直没碰到合适的。”老邱说。

“你还是那么完美主义啊！”

“是啊，还是他妈的完美主义！”

老邱于是和他细细讲述这几年的经历，他回老家后没过多久父亲就去世了，他就跟随一个家里的兄弟，去爱尔兰打工。按他的说法，这叫道不行，乘桴浮于海，于是他开始了这几年背井离乡的生活。

“那你这次是专门从那边赶回来参加聚会的？”

“当然不是了，我对于这种同学会从来不感冒，这次是顺路，我刚好要回家看看，在这儿中转下，明天就走。”

“以后就一直在那边啦？”

“也许吧，谁知道呢，我觉得那边生活特别简单，没有别的心思好想，我很中意。但是，又总会觉得放不下这里的一切，总是有午夜梦回的时候呢！也许有一天，这样的时候来得越来越微不足道，越来越没有征兆，比如在偶尔洗澡的时候、在喝一口浓茶的时候、在星期天空旷的街头，那么，我想我就不会回来了。”

“随缘吧，现在好就是真的好！”李文笑道。

“丢，你好我好大家好！”老邱又大笑起来，那脸上的皱纹越发深邃了。

晚饭的时候，大家选择了一家川菜馆，现在好像大家都爱吃辣，可能是口味都重了吧，不愿意细细品尝一顿饭的甘甜。而清淡的菜要做得好吃，比辣椒掩盖后的可口要难太多，所以，川菜也就大行其道。饭桌上一帮人都谈着工作和股票，唉，小艾心底里叹了口气，若干年后，大家遇到一起，女生们估计也没其他话题了，该谈谈婚姻、孩子了吧？她们年少时的梦呢？那些在宿舍里的话题呢？都随风了吧，她们都是现实的，而自己呢？

女人有女人的话题，而男人呢？桌上再也不是当年三元一瓶的金陵干了，而是几百元的五粮液。在相隔多年以后，在酒精的催促下，很多话题很容易就从记忆的沟壑里爬了出来，永远有无数干杯的理由，很快就演变成三两成群的捉对厮杀。酒精真是个好东西，要么让人忘却所有的现实不如意，要么让这些不如意或小得意成为下酒的佐料，在酒精面前，人人平等啊！李文正想着，就看见经济摇摇晃晃地走到他位置旁边，一屁股坐下来，满脸通红，端起酒杯，一手搭着他的肩膀，冲着他说："兄弟，我敬你一杯！"

他一饮而尽，接着唠叨道："他们都说我现在混得不错，可是有谁知道我的苦？"

"我知道，我知道。"李文忙答道，一听就知道经济喝高了。

"只有自己知道，只有我自己知道啊，那些什么领导们都不好伺候啊！"经济低下头自言自语，像要睡着了。

他突然抬起头，满眼都是血丝，又拿起酒杯，给自己和李文满上，说："我和他们是不一样的，大宏也在政府工作，为什么就比我要潇洒？没办法，人家有人，不满意拍拍屁股就能走人啊！妈的，我呢？就是一寡妇，上面没人，都是靠自己熬出来的！"

"经济，你越来越陈经济了！"李文拍着他的肩膀笑道。

"你以为我想啊？做我们这行的，说真话领导不高兴，说假话群众不高兴，说来说去只有说黄话了，大家都高兴！"

"有道理！有道理！"李文赞道。

“我要再敬你一杯！有件事我一直想要和你道歉！”经济开始摇头晃脑起来，身体也开始前仰后合，“当年，是我害了你，是我说在阳台上看到你给，你给那个什么周老师打电话的！”

“你没有害我，你说的是实话，再说，这事我早就忘了。”

“我也知道你没有和他说是洛云挑头的……因为这个是我说的！”

“什么？”

“是我，是我在你之后，又打的电话。”

“为什么？”

“因为，因为当年我和他都有狗屁的保送研究生的机会，名额却只剩下一个了，我只有这个办法，李文，我对不起你！”说着，他又猛灌了一口酒，头重重趴在了桌子上。

李文心中长叹口气，都这么多年了，还有什么好计较的呢？他用手拍了拍经济的肩膀，说道：“没事，这都是当年的事情了，到此为止吧，我们谁也不要再提了。”

经济猛地坐直身体，又往两人酒杯里斟满酒，说道：“兄弟，干了！”说着一仰头，咕噜下肚。

李文却只是轻轻啜了一口，说：“心领了，经济。”

一晚上大家都在一起，她没有找到和李文说话的机会，但他能来，就说明了希望，老天就没有给她关上门。明天，大家商量了要重游故地，再去当年野营的老山，这真是个怀旧的计划啊。

第二天，还下着小雨，大家乘坐租来的大巴出发了。想起当年租的是公交车，女生坐，男生站着，一路上却也欢声笑语，歌声不断，别是一番滋味在心头。

因为是白天，大家都有点失望，当年那个夜晚的景色好像荡然无存了，野营的地方还在，但地上满是垃圾果屑，大家想起曾经在这里的草坪上欢快了一夜，都有点哑然失笑，原来就这一小块地方啊！怎么都觉得当年那个是好大好大的一片草坪呢。

大家开始找寻当年的每一片草木，好像它们都有独特的记忆，都隐藏了回到那个夜晚的钥匙。终于，有人提议再去那个长城看看，于是大家按当年的路线出发了。

小艾和李文依旧走在了队伍的最后。

原来这么多年来，当初的习惯早已深入骨髓，成为心灵中固定的一部分。

雨水濛濛，李文撑起了伞。

伞下的空间是独立的。

"你还好吗？"小艾先说话了。

"很好，我现在当老师了，你不知道吧？"

"我知道了。"

"你知道？"

"我也希望不知道。"小艾低声说，"我看到你的信了。"

沉默。这密密的雨丝如针线织脚，融化在天鹅绒的布料材质里，若不用手抚摸便不会察觉，但是它们又是那么柔软与真实，不能指望它们融入皮肤的表皮与心灵的深处。你看那水潭上无数个小小的涟漪，不断地消失与重逢，波纹共振出浮动中的平稳，好似连一阵风都不曾来过一般，这些都是它们的前赴后继的顽皮造成的呀。它们的剧场大部分还是在透明的空气中，它们热爱与造就一切的磨砂品质，有些冲破雨伞的藩篱，拂过他们的脸庞，提醒着这个世界的存在。良久，李文问："你，还好吗？我听说你要结婚了？"

"是的，但取消了。"

"取消了？为什么？"

"因为那些信，我看到了，所以我要来见你。"说完，小艾的牙齿深深地咬住嘴唇。

雨渐渐大了起来。

“小艾，我，不值得你这样！”

小艾站住了，抬起头望着他，说：“我来，不是为了你，而是为我自己，我只想知道，你，还爱我吗？”

李文低头，看着这个让自己魂牵梦绕的女孩，雨水已经打湿了她的鬓角，是那么楚楚可怜：“小艾，当年没有去找你，是我的错，这是我这辈子最大的错误。和你分别后，我没有一天不想你，慢慢的，你成了我生命中的一部分，我害怕打扰你的生活，所以每天给你写信，希望有一天你能看到。直到五年过去了，在我写完最后一封信的时候，我突然明白，我该放手了。所以，几个星期前，父母给我介绍了个女孩子，我相亲了。”

小艾的眼泪落了下来：“她比我好吗？”

“不，小艾，你在我心中是最好的，她只是个平凡的女孩。”

“难道我不平凡吗？”

“不，你不平凡，小艾，你永远不会平凡，但是，如果早一点，没有如果……”

“那你爱她吗？”

“我只爱你，但是，你知道吗？小艾，我已经对自己说放手了，所以我才会去寻找另一份爱，也许那不是爱，可是，我不能回头了。”

小艾看着眼前站立的这个男人，那眼中分明有痛苦，但更多的是清澈。雨水打在他一边的肩头，已经湿了一片，这个人，曾经离自己这么近，又这么远。她耳朵里听到心底的叹息，还有这无边无际的雨声，是啊，自己的叹息也如同这秋雨一般，绵绵无际。但是并不恼人，她多么希望这雨就这样不停，在这把伞下，他们将永远在一起，虽然这个永远，会是那样短暂，但也可以是一辈子，在她心底。

“让我们一起走最后这段路吧，真好，我们毕竟一起走过，虽然，很短。”小艾低下头，眼泪化作了雨水，落入泥土中。

“对不起，小艾！”李文说，他知道自己很难过，但是，他们都是一样的人，一样的执拗，只要决定了，就不会变了。

小艾抬起头，眼泪和着笑容：“不，李文，谢谢你！”

前面的路有泥泞，李文自然地拉起小艾的手，又自然地放下。小艾再也感觉不到当年那紧张得满是汗的手了，是的，他也许是真的放下了，自己在他心底的涟漪经过漫长时间的抚摸后，也顺平了。如今他的心，就像最初的一面镜子，也许多了些灰尘，多了点浑浊，但表面上再也没有了她的影子。

杨柳树在雨中轻轻摇曳，是心头愁绪的倩影。还有什么好哀愁的呢？不为身边的他，不为那眼前温暖的胸膛，不为伞下静谧的时空，只为那曾经的、正在逝去的所有。柳叶缠绵却如刀，分解、切割着这段段思绪，小艾的心情也缓缓安静下来，或者说她一直都很安静，她可以安静地接受任何结果，好的、不好的，可是，又怎么分辨好与坏呢？符合预期的就一定是好的吗？谁又能回答呢？

傍晚。小艾一个人回到房间，躺下。这一切，她早就该料到了，但是，她有什么办法，就像飞蛾扑火一样，却不能羽化成仙。

也不知道睡了多久，再睁开眼的时候，已经是无尽的黑暗了。

她摸了摸枕头，上面已经湿了一片，自己梦中也不忘流泪啊！

但是，这确实是她最后一次的眼泪了，小艾心想，自己再也不会为爱情流泪了！自己尝试过，用力爱过，虽然只是短短的一瞬，但是，她不后悔！人，不就应该为种种一瞬间而活吗？

房间在玄武湖边，小艾听到深夜中的鸟叫。她想象那无边的湖面上，有黑色的倒影，或许还有美丽的月光，生活是这么真切，未知中透着前所未有的危险和美好。

“嘎、嘎、嘎”，有怪鸟的声音从窗台掠过。

小艾笑了，这就是爱情那只鸟吧，没有那么美丽，但不知要惊扰起多少人的美梦。

很多年前，她曾在此留连，那是在等待半夜开往家乡的火车，火车晚点了，她于是如清丽的孤魂一般在湖边驻足。那一夜，白色的月光从天穹洒落，照射着多少人的无眠，照亮多少人的前尘，她恍如隔世，周遭的声音是无数生灵的低声吟唱，远处的钟山轮廓与天地重合消解，这才是生之为生的真谛啊！当时，她的心中却充满了欣喜，家乡正在远方安静地等待，而一个陌生而熟悉的男孩在她的心田映照出倒影，那是他啊，那是他啊，曾给她无比的安宁。

五年了，是啊，五年了，他爱的还是五年前的那个小姑娘，而她呢，爱的是五年前的那个男孩吗？不！她突然间明白了，她爱的是他，是永远的他，是他之为他的那样东西！没有了这东西，他与她都将泯然众人，这不会随着时光而改变，是让天地为之郁结的那份神秘！而这，正是他不是她的区别，他是载体，不是本体！

自己是再也回不去了，她知道再也不会和洛云在一起了，既然知道了爱的滋味，那她是不会和不爱的人在一起了，在她心中，爱与不爱是那么纯粹，没有百分之几的爱。有的东西错过了，就永远错过了，她与洛云之间，只是习惯与好感，而习惯可以让人窒息，也能将人催眠。如若一切按部就班，也许自己正是个幸福的新娘！但是，没有如果，即使有如果，她一样选择来到这里，等待命运的审判。因为，这就是她之为她啊！

怔怔望着窗外那无边的黑，它们正在慢慢变成灰色，那是远方的风吹散了浓郁吗？还是心底里透出的敞亮？小艾终于觉得有一股力量从心底升起，这力量并非源于自己的勇敢和无畏，而是因为看清了自身的弱小和谦卑。与那淼淼天河相比，与横贯充斥着宇宙的神秘相比，与命运的亘古不易相比，她，还有什么不能失去？这股力量牵动着她坐了起来，下了床，走到窗前的书桌前坐下，按下台灯的按钮，啊，这机械的理性之光啊，驱散了柔软的黑暗，这温暖为何又如此冰冷？

小艾抽出一张纸，脑子里浮现出李文写给她的万语千言，于是不由自主的，用案头的铅笔书写了几行字：

我愿是那暗夜中的花，
编织着芬芳，做别人的嫁裳。
我愿是那暗夜里的沙，
天上的月亮，藏着我的伤疤。
我愿是那暗夜里的草，
怀中的蟋蟀，欢乐唱着悼亡。
最好全世界都把我忘记，
我却还将你们一一拾起。
每时每刻都为你们欢呼、叹息。
于是，我成了艳阳下那抹阴影，
和阴影中那点，最小，最小的，
金色的光亮。

写完，小艾迫不及待地关了灯。她的眼前还有那一片刺眼的光明，淡黄色的纸张以及淡灰色的字迹还清晰可辨，是那样的陌生与熟悉，已经快忘了写字了吧。她将这张纸叠了个对折，再对折，对对折，直到不能再小了，又徐徐地将它展开，哦，黑色回来了，带走了上面的字迹，她于是把它揉成一团，纸浆都软如棉纱啦，她摇了摇头，将它扔进了角落的纸篓里，笑了。

她想，将来呢？将来会怎样呢？那个人也许明天就会出现，也许永远不会出现吧？自己遇到了就不会再错过了吧？那个时候，自己还是自己吗？但是，至少现在，她明白了自己的梦，明白了自己现在，还是那个理想主义者，一个卑微的理想主义者。

夜色将尽，漆黑却更黑，自己这一生有多少次领略着这黑色的魅力、这黑色的纯粹、那灰色的驳杂？风吹得落叶打在窗台上，那是天机在密语吗？它预示着什么？自己将如这秋叶般盛开、盘旋、坠落？可是，自己的命运又怎样交予未知的神秘？

未来？未来该如何呢？她可以过得很好，是的，凭自己的小小力量，她一定也会幸福的。幸福是什么？幸福就是心的安宁，并非全是目的明确的航行，也并非要到处寻觅自己的目的，而她呢？她知道，那只能在前方。

小艾从来没有像此刻这样自信过，或相信过命运的如此安排，她会看见大团大团的云朵从窗沿的间隙飘过，隐藏在灰蓝色天幕褶皱中的银星正在闪动幻灭，那遥远南方吹来的风夹杂着熟悉的湿润青草味道，近处的钟山脉络漫入遥远的彼岸，耳畔响起停留在屋檐下却在心头上啼叫的鸟鸣，这些都要告诉她，遥远的不再遥远，消失的也终会永恒。

就在刚才，就在刚才，她看到第一缕晨光已经从窗帘的边角渗入，虽然还是灰蒙蒙的，但是，那是天光啊！它有着无孔不入的亘古伟力！现在，它正浸润着这个房间的每个角落，并没有在她美丽的眉间鬓角稍作停留，不用多久，不用多久，一切，一切都会到来。

西安特色小吃向导

荟萃西安80种风味美食

吴国栋 编著

西安出版社

图书在版编目（CIP）数据

西安特色小吃向导/吴国栋编著. —西安：西安出版社，2007.8（2012年2月重印）
ISBN 978-7-80712-377-4

Ⅰ.西… Ⅱ.吴… Ⅲ.饮食—简介—西安市 Ⅳ.F719.3

中国版本图书馆 CIP 数据核字(2007)第128106号

西安特色小吃向导

编　　著：吴国栋
出版发行：西安出版社
社　　址：西安市长安北路56号
电　　话：（029）85253740　85234426
邮政编码：710061
印　　刷：西安建科印务有限责任公司
开　　本：880mm×1230mm　1/32
印　　张：5
字　　数：100千
版　　次：2009年1月第2版
　　　　　2012年2月第3次印刷
ISBN 978-80712-377-4/F·5
定　　价：20.00元
